地湧の涙

加藤賢秀

南方新社

目次

装丁　鈴木巳貴

地湧の涙

譲は餌桶《えさおけ》を小脇に抱え、東山への急坂の道を登って行った。梅雨の明けた午後の強い日差しが、野山に照りつけていた。大気は澄み、風はほど良く流れ、眼下に広がる見慣れた牧野の緑が濃く浮かび上がってくる。その中に沈み込むように黒点が散在し、牛たちが草を食《は》んでいる。振り返ると、島の中央に聳《そび》える活火山の御岳が白い煙をゆったりとくゆらせ、茶褐色の険しい山肌が間近に迫って見え、原野の左側には藍青色《らんせい》の太平洋の大海原が午後の光をいっぱいに吸い込み、光のうねりとなってたゆたい、広がっていた。

ここは九州の南、種子島・屋久島のさらに南、奄美大島との間の大海原に、太平洋と東支那海を分かつが為に点々と布石されたように島々が並ぶトカラ列島。有人七島、無人五島の十二の島々からなり、南北百六十キロに及ぶ日本一長い村として知られる十島村。その島々の急峻《きゅうしゅん》な磯を、黒潮の本流がまくら（波頭）を立てて流れ行く。そのトカラ列島の中央部に火を噴《ふ》く島があり、その名を諏訪之瀬島という。周囲約二十七キロ、トカラ列島では二番目に大きな島だが、人が住めるのは島の面積の五分の一、あとは火山大地と急峻な原野である。人口は六十人あまりで、島の南部の台地に身を寄せ合って暮らしている。

譲は小笹の中の牛道をしばらく登り、見晴らしのいい高台に出ると、四方に向かい大声で、

「モーイ、モーイ」

と数回呼んだ。近くにエミールがいれば一目散に走って来るはずである。目を凝《こ》らして四方を見るが、物の動く気配はない。また呼んでみる。こだまが返ってくるばかりであたりは静まり返り、牛が日陰場所としている木山の蝉しぐれが静けさを増幅させている。

〝やっぱり産みに入っている〟

譲は呟《つぶや》いた。今回は、産んでいる場所を捜し当てなければならない。

譲は丘陵の中ほどにある木山をめざして、笹山につくられた牛道を辿《たど》って行った。牛は日中は炎天下を嫌い日陰に入る。お産の時はなおさらである。きっとあの木山のどこかでお産をしているに違いない。譲も早く木山の木陰《こかげ》に入りたかった。足早に歩き、薄暗いひんやりした大気の凝縮する木山に足を踏み入れ、ほっとする間もなく、譲はエミールの名

を呼び、木山の中を捜し回った。六、七十メートル四方ほどの雑木林なので、ここにはいないとわかるまで、さほど時間はかからなかった。

譲は迷うことなく、もう一カ所の木山めざして丘陵を下って行った。登り道の後方にその木山は広がっていた。

エミールは、二年前に出産に入った時は、二日間姿を現さなかった。三日目に、まさにぼろぼろの姿で譲の前に戻ってきた。乳《ちち》は張っていた。譲は、エミールが大変な出産を乗り越えて赤仔を産んでくれたんだと感謝した。そして感謝の印にと、いつもの三倍もの飼料を与え、エミールはがつがつ食べた。

通常、牧野で母牛《ははうし》が出産すると、二日間ほどは赤仔のそばを離れないし、移動する時も赤仔の動きに常に注意を払う。水を飲んだり飼料を食べに来る時も、用を足すとすぐに赤仔の元に戻るものだ。譲は、二年前のこの時もエミールは食べた後、赤仔の元に戻るものと思い、エミールの後を追った。母牛は赤仔の居場所をはっきりと確認している場合は、戻る途中寄り道をして草を食べ始めることもあるので、譲はその時も辛抱強くエミールの後を追った。一時間以上も後追いしたが、赤仔の元へは行かず、その日は根負けして帰ってきた。その翌日も譲はエミールの後を追ったが、どうも赤仔のいる様子ではない。そこでやっと譲は、エミールは赤仔を死産したのだと結論づけた。

島では、生業《なりわい》に畜産業の子牛生産に携《たずさ》わる人が多かった。ひとり七、八頭の母牛を持ち牧場に放牧していた。全頭数七、八十頭ほどで、二カ所の牧区に分けて放牧し、それぞれの牧区に種牛が一頭ずつ入っていた。譲は母牛が五頭と、少ない方だった。年齢も六十七歳を回っていたので、増頭を控えていた。

母牛は通常一年に一産する。エミールはその時十三歳だったが、それまでに十頭の仔牛を毎年出産していた。しかし、この死産の年は孕《はら》まず、昨年二年ぶりにやっと種がついた。それから約十カ月後、出産日が近づいていた。その前日、譲はいつもの通り、水飲み場のスタンチョン（餌やり場）で、自分の母牛五頭に餌を与えている時、エミールを特によく観察した。陰部のゆるみ、乳の張り具合から、一両日中に出産するだろうと思われた。そして出産予定の当日の午後、いつも通りに譲は母牛たちに餌をやりに来たが、予想通りエミールは姿を現さなかった。母牛が産みに入った場合、譲は分娩は自然まかせで、出産後母牛が姿を現してから赤仔確認のため後追いした。しかし今回のエミールの場合は二年前のことがあったので、すぐに捜すことにしたのだ。

木山に通ずる牛道を辿《たど》り、木山に数歩踏み入った時、譲の眼に飛び込んできたのは、十数メートル先の雑木の広場に横たわるエミールの姿だった。一目で異常な事態が起こったとわかった。駆け寄ると、体半分まで産み出された赤仔は泥にまみれ舌をだらりと垂らし、勿論死んでいた。譲が想定した最悪のシナリオが展開されていた。エミールはもがき苦しみ、ヒヅメで蹴り掘った凹《へこ》みが悲惨な出産の状況を物語っていた。エミールは眼をむき、力の限りを使い果たし、あとは命の鼓動の止まるにまかせている状態だった。譲はエミールの枕元にしゃがみ、エミールの名を呼びながら顔や首筋を幾度も撫で摩《さす》った。エミールは譲がわかったらしく、助けを求めるように小さく鳴いた。譲は胸の中で、エミールに対する慙愧《ざんき》の念がフツフツと湧き出し増大してくるのを抑えることができなかった。エミールを摩り続けながら、

「エミールごめんよ、エミールごめんよ」

と何度も謝《あやま》った。もっと気をかけて、朝一番にでも捜しにきていれば、エミールも赤仔も助かったかも知れなかった。しかし、二年前の死産を機にエミールに対する期待感は薄れていき、疎《うと》んずる気持ちさえ芽生え始めていたのだ。不妊気味になったのはエミールの所為《せい》ではない。加齢によるホルモン減少が原因なのだ。譲は自分の薄情さを改めて恥じた。

譲は少しでもエミールを楽《らく》にしてあげたいと思い、赤仔を引き出そうと立ち上がった。無事に生まれていれば輝く容姿を見せたであろう赤仔は、エミールの産道から半分だけ出て、泥のかたまりと化していた。譲は赤仔の前脚を摑《つか》み、満身の力を込めて引っ張った。ズボッと音をたて、赤仔は産道から出てきた。後脚が胡坐《あぐら》をかいたように絡《から》まっていた。この細い脚のちょっとした絡まりが、親と仔の命を奪ってしまったのだ。譲は大きく溜息をつき、手の汚れを木の幹に擦《こす》りつけ、合掌した。エミールの救命は考えられなかった。このまま静かに死を迎えてもらうしかなかった。明日の夕方、線香を持って弔《とむら》いに来よう、譲はまた合掌して東山を下った。

譲が何故《なぜ》この島に深く根を下ろすことになったのか、その足跡《そくせき》を話しておこう。

初めてこの島を訪れたのは、譲が二十六歳の時だった。今から四十一年前のことだ。譲は終戦の年に生まれ、東京で育ち、二十三歳の時シベリア鉄道で自分探しの放浪の旅に出た。ヨーロッパ・北アフリカ・イスラエル・中近東・インド・ネパールと漂泊を重ね、アメリカへ渡る途中下車で日本に立ち寄り、東京のお袋さんに風貌の変わった元気な姿を見せ、その後日本を南下した。南の孤島にヒッピーのコミューンがあることは、旅の途中で聞いていた。どうせ沖縄まで南下するのだから、途中でこの島を覗いてみよう、と軽い気持ちでこの島に降り立った。バンヤン・アシュラム（ガジュマル樹下の修行場）と看板を掲《かか》げた入り口を潜《くぐ》った。ホーリーな気に満ち、自然の中での瞑想と自給自足の生活が営まれていた。外国人を含む十数人の若者が滞在し、自己研鑽《けんさん》の場としていた。定期船来島時の艀《はしけ》作業や、部落作業と称する共同作業でもバンヤンの若者達は率先して働き、島民との信頼関係を築き島にすっかり溶け込んでいた。譲は滞在事情がいろいろと重なり、結局、丸一年間この島に滞在することとなった。その間、剥《む》き出しの自然の中での、生きる強さと知恵と技を収得していった。漁師になり農夫になり樵《きこり》になり、大工になり料理人になり、自然の中での本当の意味での豊かさを享受《きょうじゅ》した。技《わざ》を惜《お》し気なく伝授してくれたのは、在住の島民であった。譲と島民との信頼の絆は切れないほど強くなっていった。

生涯の道連れともなったチエとの出会いもこの時だった。二人はその後、USA、メキシコ、グァテマラ、ベリーズ、エルサルバドル、ホンジュラスと旅路を延ばしたが、ある時ぽつりと、放浪の旅路の終着点に立っていることに気付いた。そして譲が三十歳の時、次なる定住の旅の地としてこのトカラ列島の孤島を選び、帰ってきた。

譲が定住の地として諏訪之瀬島を選んだのには、三つほどの理由があった。その第一の理由が、当時の日本で最も不便な所のひとつだったということ。譲はその時はそう思っていた。この言い方は多少なりとも語弊《ごへい》があるので注釈しておくと、不便さ、という概念は本来的にはないのだ。自然界に便・不便があるだろうか。便・不便は、人間社会での比較の範疇《はんちゅう》なのだ。不便な場所というのではなく、自然そのままが人の生活の場の中にあるということ。換言《かんげん》すれば豊かな自然の恵《めぐみ》を受け、人が生活している場所で、自《おの》ずと本来の姿がそこに成立する生活の場といえる。それを実現する為に、人は自然を知りその恵《めぐみ》を受けるべき英知と技を伝承し磨く。その生活の場を通し、本来の人間の謙虚さ、豊かさが伝統文化として開花し結実する。二十世紀の前半までそういう生活の場が、海辺に草原に山間に、当たり前に展開されていた。そして一九七〇年代、日本の中でそういう生活の場が色濃く残っていたのが、トカラ列島であり諏訪之瀬島だったのだ。

譲が世界を旅してみて、特に好きになった国は、インド・ネパール・それにグァテマラだった。インドはさておき、ネパール・グァテマラの人々には、不便さという言葉はなく、現実を人間としての豊かさ、美徳に昇華し誇りを持って住《じゅう》していた。

譲にとっても、島で生きるということは、手を広げて待ってくれている自然の懐《ふところ》に飛び込み、その中で知と技を培《つちか》い、生きる場を自《みず》らの力で創り出していくこと、いわば自然から呈示された生きる場をどう展開し、生き方を表現するかということだった。それも、海に山に畑に原野にと多岐にわたりその場に精通しなければ、生活の場は成り立たない。人生における自己啓発と自己実現に、これほど条件の揃《そろ》った環境はないのだ。チエもまったく同感だった。

第二の理由は島で譲を待っていてくれる二人の老人がいたこと。ひとりは、セイイチ爺、もうひとりがカマド爺。二人共、この孤島で厳《きび》しい人生を生き抜いてきたが、その厳しさは過去の自《みずか》らの人生の中に捨て去り、やさしさだけを残して生きていた。他《ほか》に三人の婆もいたが、譲はこの老人達が好きだった。この老人達のやさしさは、自然が作ったものであり今の日本社会では、もはや失われたものだった。譲が一年間島に滞在し、そして島を去る時、セイイチ爺の送別の言葉が、譲のその後の旅路のあいだ、耳から離れなかった。

『ジョー、おまえが帰ってくるまで死なずに待っているから、トジ（嫁）を連れてかならず戻ってこいよ！』

譲が島に帰ってきた翌日、爺はこの世を去った……。

第三の理由は、バンヤン・アシュラムに多くの友がいたこと。一年間滞在していた時、二世帯が東京から移り住み、寝食を共にしたが、帰島した時にはバンヤンとかまどを分かち、部落内に住居を構えていた。みんな譲とチエの帰島を待っていてくれた。そして譲とチエの島での定住の旅が始まった。

エミールの導入時の登録名は〝第2かつえ4〟だった。譲は外国での放浪が長かったためか、横文字の呼び名を牛たちにつけていた。ミッキー、ハッピー、ラッキー、スリー、マリ、ローラ、ハニー等々だが、エミールの名に譲は特別な思い入れがあった。エミールは、幼少期の娘の大切な人形の名だった。

その話を少ししてみよう。

島での定住の旅を始めて二年目に、愛娘《まな》のアユチが誕生した。二歳の誕生日にアユチのおばあちゃんが、可愛い青い眼が開閉する大きな西洋人形を送ってくれた。その名前がエミールだった。その日からアユチは寝ても覚めてもエミールを離さなかった。外で遊ぶ時もエミールを半分引き摺《ず》りながら小脇に抱《かか》えて遊んでいた。アユチがエミールを抱いている場面で、その後の譲の心の奥深くにすみ着き、娘への情の発露となった甘苦い切ない思い出があった。

＊　＊　＊

その頃、島での唯一の収入源は、飛び魚の塩干《えんかん》物の出荷であった。毎年島は五月十日頃からの二カ月間は、まさに飛び魚漁の戦場であった。夕刻せまる七時頃、男たちは浜に下《くだ》り、二人の男を乗せた小型漁船が次々とその日の漁場に向かう。どの浜で飛び魚が湧くかは、潮の流れと勘が頼りである。五、六隻《せき》の漁船が毎日出漁したが、夜の海に各船が飛び魚の群れを求めて競《きそ》って流し網を張り合う。夜が白むまで合戦が続くこともある。魚を陸揚げし、それから浜で各組の飛び魚さばきが始まる。うろこを取り、背切りし、腸《わた》を取り、腹を洗い、血抜きして尾数《ひき》を数えカゴに分ける。それを家に持ち帰り塩漬けして、前日分の塩漬けを真水で塩抜きしネットの干し台に並べる。天日干しは二日間干さないと製品にならず、いつも二日分の飛び魚が干し台に並んだ。千尾を超えることもしばしばであった。毎日寝るのは早くて午前十時、起きるのは午後二時から三時で、毎日二十時間の激労と三、四時間の睡眠の繰り返しである。

そんな日々の記憶で、譲の心の印画紙に一番強く焼き付いているのが、アユチとエミールのあの場面なのである。アユチが三歳になる少し前の頃だった。漁を終え魚を陸揚げすると、夜明け前に譲と船頭のイサアニは家に女房を迎えに行く。彼女たちは毎日朝食と飲み物を用意して、この時間帯に家で待機していた。その早朝は小糠《こぬか》雨がしょぼ降っていた。譲が家に着くとチエはすぐにアユチを起こし、手早く着替えさせ、アユチは寝惚《ねぼ》けながらもエミールをしっかり抱いて、浜へ下りた。浜では、またまた次の戦場が待っている。四人は一刻も早くさばき終えるために懸命に手を動かす。そんな活動の最中、譲は飛び魚を刺す手をふと止め、アユチの様子を見た。しょぼ降る雨の中、まだ薄暗い浜の小石に腰かけて、黄色いカッパを着せられたアユチは、エミールが濡れないようにと自分の足元のカッパをたくしあげ、その中で抱きしめて、四人の働く姿をじっと見つめ耐えていた。この小さな命がエミールを必死に守ろうとしているその命のふるえに、譲の心は射貫かれた。譲は握った包丁を置いてアユチに駆け寄り、思いっきり抱きしめて、一緒に泣きたい衝動に駆られた。だが、あるがままに存在するというこの世の理《ことわり》が、痛いほどに譲の行動を押し止《とど》めた。譲は包丁を握り直し、また力を込めて飛び魚を刺し始めた。この小さな命を見守り育て、ともに生きるのがこの島での譲の旅なのだ。この強い認識とともに、あの時のアユチの姿が一枚の印画紙となって譲の心に強く焼き付いたのだった。童女のアユチが抱きしめ守っていたエミールこそが、命の根源へと向かう流れの象徴として、それ以後の譲の心に根を下ろすこととなった。そのエミールの名を、ある導入牛に名付けて十五年。譲もチエもこの十五年をある意味エミールの命とともに旅してきたともいえるのだ。

その翌日、譲は線香一束と焼酎を入れた小瓶を持ってエミールのいる木山へと入って行った。曇りのせいか、日暮れ前の木山の蒸《む》せ返る空気の中に、すでに甘酸っぱい死臭がたち込めていた。譲がエミールと赤仔の元に立つと、赤仔に群れる銀蝿が音を立てて飛び回った。エミールは黒い岩のように固まっていた。譲は頭の中で、まず焼酎で場を清めて、それから線香を立てて……と考えながらエミールの斎場《さいじょう》を見回し、アレッ、と思った。エミールの枕元から一尋《ひとほろ》ほどの所に、黒いかたまりが蹲《うずくま》っていた。よく見ると、なんと生まれて間もない仔牛である。体には白い薄皮の滓《かす》のようなものがいっぱい付着していた。なんでこんな所にこんな赤仔がいるのか、譲は訝《いぶか》った。まず最初に過《よぎ》ったのは、この近くで誰かの母牛がお産をして、母牛は何らかの理由で今この場を離れている……。この近くにその母牛がいるはずだ、ということだった。譲は線香と焼酎瓶をエミールの枕元に置き、あたりを捜し始めた。捜査の輪をだんだんと広げ、東山の丘陵の半分ほどを捜し歩いた。が、どこにも牛の姿はなかった。譲は困り倦《あぐ》ねて、またエミールの枕元に戻ってきた。小さなかたまりは、やはりじっとしていた。譲はどうすることもできず、しばらく虚空を凝視していた。それから意を決し、ちいさな赤仔の前に跪《ひざまず》き、赤仔の視線まで身を屈め問いかけた。

「ちびちゃん、何故ここにいるの？」

譲は赤仔の返事がほしかった。

「ちびちゃんのお母さんは誰なの？」「お母さんはどこへ行ったの？」

譲は本気で赤仔に尋ねた。

譲は赤仔の瞳をのぞき込んだ。赤仔の瞳は外界の情景を映してはいなかった。もし映っていたとしても、それが何なのか、何のことなのか理解しようもなかっただろう。まったくの無から、この木山の現実に突然産み落とされたのだから……。譲は我に返り、ふらふらと立ち上がった。このままにしたら、このちびちゃんは死んでしまうだろう。このちびちゃんの親を捜してあげなければ……。その唯一の方法は、母牛の所有者に早く知らせてあげることだ、譲はそう思うとすぐに東山を下った。向かった先は、譲が加入している牧野組合の組合長の家だった。

「マサル、いるかい！」

譲は入り口で家の奥へ声を掛けた。

「マサル！　ジョーが来たよ！」

マサルの連れのトキが大声で呼んだ。

「うーん……」といいながらマサルは裏の牛舎から出てきた。毎日数回は顔を合わせ声を掛け合う仲である。譲はいつもとは違い、神妙に話を始めた。

「マサル、摩訶不思議なことが起こったんだ」

マサルの顔がパッと色づいた。

「うーん、摩訶不思議なことね、何が起きたの？」

譲はその前日からの事の次第を話した。そしてエミールの死亡届の用紙がほしい旨と、持ち主のわからない赤仔牛の持ち主捜しの協力を頼んだ。譲の話が終わるか終わらぬうちに、マサルは携帯電話のボタンを押していた。

「うーん、親のわからない赤仔をジョーが東山で見つけたらしいけど、おたくにそれに該当する親牛はいる？」

マサルは組合員の一人一人に次々と電話していった。何人目かに、組合の衛生補助員をしている良太が、自分の牛が今産みに入っているから、自分の赤仔かも知れないと返事があり、今から東山へ行くからと電話を切った。

マサルは愛車の五十ccバイクで、譲は軽ワゴンで、すぐに東山に向かった。良太も牧場の入り口でちょうど合流し、三台そろって東山の道を登って行った。譲の案内でエミールの斎場に着き、良太は赤仔をしげしげと見つめ、振り返り譲に言った。

「これは双子だよ。だってジョーが昨日引っ張り出した赤仔とこの赤仔とは大きさが一緒じゃない。双子だから型が通常の仔より小さいわけよ。俺の仔牛じゃないな」

譲は愕然《がくぜん》とした。そういわれれば確かに小さい。だからといって、譲の仔牛だと押しつけられるのには承服しかねた。反論しようかと口籠ったが、言葉が出てこなかった。

「えー、俺の牛……、双子……、だって母牛はほとんど死にかけていたのに……。こんな赤仔をどう育てていいかもわからないよ」

譲は途方に暮れた。重荷がどっと両肩にかかる重圧感と疲労感を感じながら、良太とマサルに眼で助けを求めた。良太は、

「それはジョーが育てなければだめよ」

と突き放すように言った。譲はそれまで何十頭も仔牛を飼育してきたが、ミルクを与えなければならないような赤仔牛を育てた経験がなかった。いつも出産後二カ月間は母牛につけて放牧し、その後《のち》自分の牛舎に連れてきて飼育するのが常だった。

「この仔牛はまだ初乳を飲んでいないかもねぇ。初乳を飲まなければ遅かれ早かれ死ぬよなあ」

良太は気の毒そうにいった。譲は何故か咄嗟《とっさ》に、死んで固まっているエミールの乳を搾《しぼ》った。白濁した水っぽい液体が、それでも一滴手の甲に流れた。良太が、

「初乳ミルクがない時はニワトリの有精卵を牛乳に入れて飲ますと免疫が少しはつくと聞いたけど、牛にはどれほど効くかはわからないな。でも、何もやらないよりはやった方がいいけどね」

と他人事のように言った。譲は急に責任を擦《なす》り付けられ、強制された人のように少し反感をもって、

「だってニワトリの有精卵だってないじゃない」

と応じた。良太はすかさず、

「今朝産んだ有精卵は家にあるよ」

と言葉を返した。

譲は不意に湧いたこの因縁に突き動かされざるを得ない状況にあることを、少しずつ受け入れ始めていた。マサルが少し離れた所で急に会話を始めた。

「ああ先生、実は今、双仔が生まれたんだけど、親と仔牛一頭は死んじゃったわけよ、生き残った仔牛は初乳をまだ飲んでないけど、どうすればいいかなあ」

十島村の獣医の平田先生に電話をかけてくれた。しばらく先生の説明を聞いていたマサルは電話の最後に、

「じゃあ、俺から悪石島の誰それに電話して送ってもらえばいいわけね。はい、わかりました。どうもどうも……」

といって電話を切った。

先生の話では、数日前、諏訪之瀬島の南隣《みなみどなり》の悪石島に初乳製剤を余分に送ったので、誰それさんに電話して定期船としまの上り便で明朝送ってもらいすぐに飲ませなさい、とのことだった。生後六時間以内に飲ませないと効果は激減するから、との忠告までついてい

た。この赤仔が生まれてからやがて一日は経過しただろう。初乳が届くのは、早くとも明朝の十時。生まれてから三十六時間は経過することになる。大幅な時間超過で初乳製剤の効果は薄れるだろうが、しかし何となく依頼心による安堵感が譲の体に広がり、次の一歩を踏み出す活力と余裕が湧き起こるのだった。マサルはすぐに悪石島の誰それさんに電話して、事情を話し、送ってもらうよう確約を取ってくれた。さらに、別の組合員に電話して、譲が赤仔牛を連れ帰ってすぐにミルクを与えられるようにと、哺乳瓶とミルクを譲の家まで届けてくれと頼んでくれた。有り難いことに周囲の温かい援助で、譲は何の努力もせずにレールは敷設《ふせつ》され、その上に乗って走るだけとなった。もう後退《ずさ》りはできない。いよいよ赤仔を車に乗せて帰らねばならない。

譲はエミールの弔《とむら》いを忘れていたわけではなかった。エミールとの十五年間のさまざまな出来事を思い遺《おこ》し、譲の心の中で再び生き続けてもらうための追善の時の間が欲しかった。それに何といっても今日起こった不思議事《ごと》こそ、エミールの存命中の最も重大な出来事となったのだ。譲は、ひと晩この出来事と向き合い納得し心の中で醸成し、明日改めて静かな中で弔おう、そしてその後土葬しようと決めた。譲はエミールに合掌し、赤仔に意識を戻した。

譲は蹲《うずくま》る赤仔の腹に手を回し抱きかかえたが、赤仔は苦しそうに足をばたつかせ、譲も

数歩進んだが、どうも勝手が悪かった。良太は呆れ顔で、

「ジョー、仔牛は前脚と後脚を抱き込んで抱えなくちゃ駄目《だめ》よ」

と教えてくれた。

「ちょっと待って！」良太はそういって赤仔の股座《またぐら》を覗き、

「おお、玉がついている。ジョー、やったじゃない。こいつはどうだろう」

今度は銀蝿の群がる見るも無残な死産牛の尾を良太は棒で持ち上げて見た。メスだった。譲は今まで今回の赤仔が雄か雌か気にかける余裕さえもなかったのだ。

譲は赤仔を抱き込みかかえ上げると、赤仔も具合がいいらしく、じっとしていた。目方は、二十キロ入りの飼料袋よりは軽いかなと思えた。譲は赤仔を抱きかかえたままの姿勢で、そっと軽バンの荷台に置いた。通常はいくら産後間もない新生牛でも、初乳を飲んだあと数時間経っていれば、身の回りの環境の変化に本能的に反応し逃避行動を取るものである。車の後部荷台に置いた荷物でさえ、悪路で大揺れすれば転がるだろう。このちびちゃんも搬送中に驚いて大騒ぎするのではと危惧《きぐ》はしたが、ロープで縛るわけにもいかず、譲は後部ドアをそっと閉めて、そろそろと走り出した。ちびちゃんを気遣《きづか》いながら、なんとか譲の牛舎にたどり着き、後部ドアを開けた。ちびちゃんは、乗せた時と寸分違《たが》わぬ姿でそこに座っていた。譲が心打たれたのは、そのちびちゃんの眼差しだった。愁《うれ》いを帯びた

瞳は真っ直《すぐ》に譲の目を見ていた。〝すべてをあなたに託します。どうかよろしく〟といっているかのようだった。何故か静けさが二つの命の出会いを包み込んでいった。譲は神聖な気を感じ、改めてちびちゃんの瞳を凝視した。その瞳の奥には深い存在の根源そのものの静謐《せいひつ》と緊迫と、いまだ封印されている躍動の波が感じられた。いつかはまた消え去りゆく存在の理《ことわり》のきびしさとやさしさとさびしさが込められた、透明な視線であった。こんな視線に出会ったのは、譲の長い旅の中でも初めてのことだった。譲は思わずちびちゃんに向かい手を合わせた。

譲は牛舎の空《あき》部屋に敷ワラを敷き、ちびちゃんを抱いたままの姿勢でそっと置いた。さて、ちびちゃんにミルクを作って飲ませなければと、譲は急いで住居に向かった。住居ではチエが入り口の外に出て譲を迎えた。

「今、オカがミルクの粉と哺乳瓶を持ってきてくれたよ。エミールに双仔が生まれてたんだって?」

チエも信じられないという顔で訊《き》いた。

「不思議な話だから後でゆっくり話すよ。それよりミルクを作るお湯を沸かしてよ。四十二度の湯でミルクの粉を溶かすんだって」

譲は、駐在員のオカが持ってきてくれたダンボール箱を開けながら言った。ミルクを作る分量は、マサルが平田先生から聞いて、紙に書いて渡してくれていた。

なんとか初めてのミルクを作り、ちびちゃんの口を開け、哺乳瓶の乳首を差し入れた。初めは嫌《いや》がったが、反射的に飲み込みその後はゴクゴクと喉をならして飲みだした。譲はほっとひと安心し、哺乳瓶を持たぬ手に濡れタオルを握り、まだ羊膜の干涸《ひから》びをいっぱい残したままのちびちゃんの体を、親が舌で嘗《な》めるように何度も拭いてあげた。

夕飯時《どき》、譲はチエに夕方起きた不思議な出来事を物語った。最初から最後までひと通り話を通したが、特に不思議が何度か重なったことを強調した。まずエミールが双仔を産んだということである。まれに双子が生まれるのは譲も知っているが、その生まれ方である。瀕《ひん》死のエミールが、前日、譲が去った後にもう一頭をなんとか出産したということ、そして羊膜に包まれて生まれ出た胎児が、時間をかけなんとか自力で立ち上がり、死にゆく母親の枕元にきちんと座り、一日近くそうしていたということである。チエも、

「そんなこともあるんだねぇ」

と、普段は決して同調しない人が珍しく一緒に不思議がった。

夜、床についてから譲はちびちゃんの名前を考えた。譲が初めてちびちゃんを見つけた時、一瞬、地から湧き出たような錯覚に囚われたのを思い出し、まず地蔵の名が浮かんだが、恐れ多くも牛の名には相応《ふさわ》しくないと思い、地から湧き出たるものという意味で『地湧《じゆう》』

と名付けることにした。勿論『自由』であっての地湧である。

翌朝、譲はいつもより早く牛舎に行った。

「地湧、お元気でしたか？」

譲は早速、昨夜、名付けたばかりの名を呼び部屋を覗《のぞ》いた。地湧は部屋の奥に座っていて、あの眼差《まな》しでじっと譲を見つめた。

「ジユウ、よく眠れましたか？」

譲は声をかけながら扉を開け、地湧の横に蹲《しゃが》み、頭や体を撫ぜた。実は、譲は内心このような行動をとることは、地湧を脅《おびや》かすのではないかと危惧したが、杞憂《きゆう》であった。地湧は気持ち良さそうに首を傾け、譲の愛撫を受けていた。まるで親に嘗《な》められている仔牛そのものであった。譲はこの時、地湧との関係をはっきりと認識し自覚した。〝地湧は俺を親だと思っている、従って俺は地湧の親にならなければいけない〟と。譲は、動物は生まれて一番初めに見た動くものを親だと認識すると、人に聞いたか本で読んだかしたことがあった。地湧の無防備で恐れを知らぬ自然そのもののこの仕草《しぐさ》は、まさにその証《あかし》だと譲には思えた。それを受けて譲の心にも変化が起こった。地湧のこのすべてを受け入れる心に誘《いざな》われ、人と牛という類概念の壁は消え失せ、自然界の貫通心とでもいうべき心に、スーと溶け入ったのを心地良く感じた。身も心も全くの無から生じ、そうでありながら親と子の心のありようが生じる不思議さも同時に感じるのだった。地湧とうっとり過ごしているのも束の間、他の部屋の子牛達が餌をねだってモーモー鳴き出した。その時、牛舎には三カ月齢の子牛が三頭いた。急いでその子牛達の世話をして、それから家に戻り、前日の半分の量のミルクを作り地湧に飲ませた。

午前九時半頃、定期船の上り便が入港し、悪石島からの初乳製剤が届いた。譲は港で製剤の包みを手に取りほっとした。これで地湧は生き長らえる可能性が増大する。初乳の授乳期限はとうに過ぎてはいるが、きっと免疫抗体がつき、無事に育ってくれると譲は思った。

初乳の作り方は、前日に獣医の平田先生が指示してくれたのでそれに従って作ってはみたが、その分量のあまりの多さに譲は驚き、果たしてこれを地湧は全部飲んでくれるだろうかと訝《いぶか》った。早速、譲は牛舎に急ぎ、地湧に飲ませ始めた。だましだまし、分量の三分の一ほどはなんとか飲ませたが、その後はどうしても飲み込んでくれず、口から溢れ零《こぼ》れるばかりである。貴重な初乳製剤を地湧の体に入れなければならないのに、どうしたものかと途方に暮れていると、マサルとオカが様子を見に来てくれた。譲の飲ませ方を見ていたマサルは、

「うーん、そんな生っちょろいやり方じゃあ駄目よ。どいてみな」

そう言って譲の哺乳瓶を取り、地湧を小脇に抱き込み、指で無理矢理口を開け、口の奥に乳首を押し込み飲ませ始めた。地湧は息もつけず、目を白黒させ前脚をばたつかせる。ミルクを嚥下《えんげ》するどころではない。

「うーん、駄目だな。オカ、あれを使おう」

あれって何かなと譲がオカを見ると、長いノズルのついた圧力嚥下器のようなものを出してきた。咽の奥にノズルを差し込み、強制的に薬やミルクを胃に流し込むのに使う動物用の医療器だ。いやがる赤仔に力ずくで行使するこの暴力的行為は、赤仔の命を救うがための行為なので、譲も仕方なく目をつむりマサルにすべてを託した。もがく地湧の胃の中へミルクが注入されていく、と、地湧は激しく痙攣《けいれん》し白目になった。

「アーァ、気絶しちゃったよ」

マサルの腕の中で地湧はぐったりしていた。苦しそうに呼吸はしていたので、譲はマサルから地湧を受け取り、

「様子を見ながらあとは俺が飲ますからどうも有り難う」

と言って二人には早々に引き揚げてもらった。譲は座った膝に地湧を抱き、

「かわいそうに、かわいそうに……」

と言いながら頭や体を摩《さす》り続けた。ほどなく目付きも戻り、様子が落ち着いてきたので、そっと床に寝かせて立ち上がった。

エミールを埋葬しなければならない。死後二日目、きっと死体の傷《いた》みも臭気もひどくなっているることだろう。譲は、まず埋葬してからゆっくり弔《とむら》おうと、島で共同使用しているミニ・バックホーに乗って行った。斎場《さいじょう》の近くまで行くと、カラスの群れが大騒動で死体から まわりの梢《こずえ》へと飛び散った。エミールの目玉も赤仔牛の目玉もすでになかった。臭気も前日より一段と強くなり、譲は斎場を清めるために焼酎をエミールと赤仔そしてその周辺に撒いた。ものすごい数の銀蠅が音を唸《うな》らせ斎場空間を舞い飛んだ。

譲はエミールの横の地面を、木の根に手古摺《てこず》りながらなんとか掘り、エミールと赤仔を丁重に埋葬した。それから線香の束を立て、あたりに線香の煙が立ち籠《こ》もる頃、やっとエミールに思いを凝らし手を合わせた。

エミールは出産という産みの苦しみの最中に死の苦しみに襲われ、死のいまわにこの表舞台に新たな命を送り出し、そしてやっと苦しみから解放され、本来あるべきところに戻って行った。エミールは、この南の海に浮かぶ小さな島の小さな牧場で、十五年間の月日を平穏に過ごし、この高台で最後の役どころを演じ切り、無言の言葉を譲に残していった。

譲はそれに応えるかのように埋葬したエミールに語りかけた。

「エミール、おまえがおまえの命と引き換えに産み残した大切な新たな命を、地湧と名付けたよ。おまえは奇跡に近い不思議を私に残してくれた。これからは私が地湧の親として、その役割をしっかり果たしていくよ。牛を生業《なりわい》とする人としてではなく、真理を探究、実践する人として地湧と共に生きていこう。エミール、安らかにこの台地の土に戻っておくれ」

譲が真理の探究、実践を自分の生そのものと把握するまでには、紆余曲折の長い旅路を歩まねばならなかった。この旅路こそが、今の譲たらしめる旅路だったので、掻《か》い摘《つま》んで話してみよう。

ネパールのカトマンドゥに足を踏み入れたのは、あてどない漂泊を二年ほど重ねたあとだった。この地に立って、やっと譲は人生には縦軸があることを知った。それまでは横軸だけの世界観ですべてを認識し旅をしていた。この縦軸、横軸を座標軸に譬《たと》えれば、横軸の方向は物質・欲望の世界で、今世界を席巻《せっけん》している価値観であり、縦軸の方向は精神・霊・心……、いわゆる形而上の世界である。そしてその時、譲は、生きるということは、この縦軸を上へと旅することであり、縦軸の頂点に鎮座《ちんざ》する神仏の御座に額《ぬか》ずくこと、それこそが人生の目的であると達観した。

それまでの闇雲に我武者羅《がむしゃら》に、しかし虚無感に苛《さいな》まれた旅路が一転して、水を得た魚のように生まれ変わり、旅路はそのまま修行という名に取って代わり、その後、一年間あまりネパールで研鑽の日々を重ねることとなった。ストリート・チルドレン達の小さな命のなかに命の煌《きら》めきを見、その後、寝起きを共にした日々もあり、ヒマラヤの奥地への行脚《あんぎゃ》もあった。身も心も捨てるものはすべて捨て去り、乞食同然の姿だったが、多くのヒッピーの友が手を携《たずさ》え旅路を歩んでくれた。

ネパール滞在の後半は、カトマンドゥの守護寺院ともいうべきスワヤンブー寺院でグル（導師）の下《もと》、研鑽に励んだ。グルの名はヒットラル・シラスといい、ネパール西部の出身でサドゥー（ヒンドゥ教の修行僧）としてインド・ネパールを遊行した。スワヤンブー寺院に居を据《す》えて数年になり、年齢は六十五才前後だった。彼は眼前に神の姿を見ることができた。一日一回、彼はきまった手順を踏んで精神の高みに至り、眼前の神の御足に額ずき感涙にむせぶのであった。

スワヤンブー寺院はカトマンドゥ郊外の小高い丘の上にあり、正面の長い石段を登ると、白いストゥーパ（仏舎利塔）を中心に、小さな塔やお堂、茶店が並び、ゴンバ（僧院）ではラマ僧が勤行していた。グルと譲の居場所は、石段を登った右側に板敷の大広間がありその右側奥に陣取っていた。この大広間は、旅人用の宿泊場所として、また毎朝信者が笛、タブラ、シンバル等で神々を讃えるバジャンを演奏する場であり、そのあと広間の前面でグルと譲が布を広げ、信者達から托鉢を受ける場所でもあった。窓からは真っ白なヒマラヤの峰々が遠望され、カトマンドゥのレンガ色の街並みもその全景が一望できた。カトマンドゥ随一の聖地だけあって、常に求道者の聖なる領域の緊迫感が張り詰めていた。

そんなある夜、グルの横の座でグルから教授されたマントラを詠《えい》じ瞑想していた時、譲の体の奥底から強いエネルギーが湧き上がり、まさに座標の縦軸を螺旋状にどんどん上昇していった。そして最後にポンとある空間に飛び出した。そこに神仏がいらしたわけではないが、時空を超越した異次元の空間であることを譲は察知した。そこでは、すべてがすでに許されていた。すべてがわかってしまっていた。慈愛に溢れまさに神仏のこころの中にいるようだった。譲はそのこころに浸った。

ヒマラヤの東の峰から一条の光が差し上がり、その光が全天に遍《あまね》ゆく頃、譲は現実に戻っていた。その日一日、譲は感涙に噎《むせ》んだ。グルも譲の頭、背中を摩《さす》り、一緒に喜んでくれた。

それから半月後、譲は額に祝福の印である赤いティカを塗られ、グルをはじめスワヤンブーの住民に見送られ、長い石段を下って行った。次なる旅路は愛の実践であった。

譲の心は、グルの導きにより到達した託宣《たくせん》〝すべてはすでに、そして常に神仏の前では許されている〟という言葉に満ち溢れていた。仏の慈悲で、神の愛でひとりでも多くの人を救い導くという菩薩行の意気に燃えていた。譲はその後、北部インド、日本・諏訪之瀬島、北米、中米へと旅路を延ばす中で、愛の実践に邁進した。譲の行の根底の教理は、人の心の欠如《けつじょ》は神の業《わざ》の欠如の現れとし、すべての人の心に神仏の心を以って許しを請い贖《こあがな》う、というものだった。スワヤンブーでの体験から導き出されたものだった。

そして、五年、十年……歳月のなかでその行に綻《ほころび》が生じてきた。その原因の第一が、この無為の愛の行使には無私の立場が大前提であるということだった。だがこの歳月の旅路で譲は恋愛、結婚、出産という経緯を踏み、無私の立場が崩れ去っていった。

第二の原因は、それまでの譲の眼前の対象は、あくまで人間社会に向けられていたことだ。だが、神仏は人間にとっては絶対不可欠だが、この地上の他の生きとし生ける命にとっては、無関係なものだった。普遍的な真理を追究するとき、この神仏を通過せねばその先に進めない。仏教の禅門がこの難関を突破させてくれた。それと同時に、それまで座標縦軸の頂点に鎮座していた神仏の姿は消え、真理・自然がその座についた。あと目指すは〝悟り〟であった。

人間の思考、意識、ことば……その終極の先に真理はあり、決してこちら側から交わることはできない。ではどうするか？ すべてを絶してただ待つしかなかった。機が熟し、真理の方から命に飛び込んでくるその瞬間を逃《のが》さず待つしかなかった。

忘れもしない、譲が六十五歳の年の十月八日、夜が朝と呼ばれる一刻に、カラスのアラが譲の寝床の真上の屋根で「カァー」と一声鳴いた。寝床にはいたが、すでに覚醒状態だった譲に、この四十年間ずっと待ち続けた一瞬が訪れた。アラの一声が電光石火、譲の体を貫《つらぬ》いた。と、同時に譲はガバッと身を起こし正座した。自然界の「カァー」と、譲の生命活動の自然が呼応・一体化し、イコールで結ばれた瞬間だった。譲の体も「カァー」もその実体としての姿は溶解し、この今のすべてをあるがままにならしめている本源力とでもいうべきそのものになっていた。その本源力の作用ですべてはすでに、そしていつも整っており、カラスの「カァー」も譲の心身もその中に浸《ひた》ってなかば溶け、他のものとの区別もなく、まさに本源そのものでありながら個としての態《たい》をなしていた。

ああ、これが真理の実相なのだ、〝悟り〟の実相なのだと直観した。譲は思考を止め瞑想に入った。譲の脳裏には光が分散したかのような茜《あかね》色のリング状の輪が空間を埋めつくし、それがすべて線分で繋《つな》がっていた。譲は、これが宇宙を構成している最小単位の粒子の姿なのか、とも思ったが、そのビジョンが何を示しているのかはわからなかった。強いエネルギーが譲の頭頂より流入し、そのまま譲は没我の状態にしばらくあった。やがて意識が戻り、冷静にこの状況を判断し分析した。自分の体の細胞をはじめ、この宇宙に内在するすべてのものの作用は、この遍満する本源力の現れであり、一瞬一瞬因となり縁となり連《つら》なり、共生し変化を遂げている……すべてはひとつなのだ……。この真理に譲はやっとたどり着き、安らかさと、この世に存在するすべてのものに対して言い知れぬいとおしさを覚え、そしてそうであることの不思議さに包まれた。ああ、これが長い間探し求め、待ち望んだ慈悲の本質なのだと譲は思わず手を合わせ、フツフツと湧き上がる圧倒的な真情に礼拝した。

その意識のままに、譲は自分自身を振り返って「アッ！」と驚いた。自分という概念がまったく消えていた。生きたまま一度死に、以前とはまったく無関係な自分が新たに死後を生きているといえばいいのだろうか。自分の過去も思考も価値観も、勿論我、欲もすべて消え去り、真理の前ではすべては仮象であり、まったく意味なきものとして不問に付《ふ》すべきものだった。

空《くう》を生きるとはこのことなのかと納得し、それでは人類はどうなのかと考えを巡らすと、なんと人類の歴史も真理の前ではまったく意味を持たず、ただの仮象の堆積であり、もうひとこと酷評すれば、悪《あ》しき欲望がその仮象の本髄になっている。現在、地球上で人類が展開している社会的行動、特に経済活動は真理からは遠く隔たった取り返しのつかない状

態に陥っているといえるのだ。人類以外の宇宙の創造物はすべて真理に法《のっと》って生生流転《しょうじょう るてん》し

ている。人類も生物学的には他の生物と何ら変わらないのだが、そして人類の歴史のある時期までは、真理に法《のっと》って生きてはいたが、脳が意識活動を始めた時から真理から乖離《かいり》し、仮象世界の泥沼へと突入してしまったのだ。

宇宙はその始源から、いやもっと以前からこの真理一路《ひとすじ》に変化・膨張し、宇宙空間に銀河系を創り太陽系を誕生させ、その表面に海と陸地とそして命を生み、植物・動物を繁栄させ、動物の中の一種類が人類となった。真理こそが宇宙を貫く唯一の理なのである。

真理に至ったものの、いかにして刻一刻の今を真理に法って生きていくか、譲の〝悟り〟以後の課題と模索の旅がそれから始まった。

＊　＊　＊

譲がエミールの埋葬を終え家に戻ったのは、昼をかなり過ぎた時刻だった。いつもは時間にうるさいチエもその日は小言ひとつなく、二人は遅い昼食を取りながら、譲はエミールを丁重に埋葬したことを彼女に話した。彼女もエミールが好きだったからだ。

それから早速、地湧の様子を見に行った。

「ジユウ、お元気にしてますか？」

声をかけながら部屋を覗くと、隅に蹲《うずくま》っていた地湧はまるで待っていたかのように立ち上がり、ピョンと一歩前に跳びはねた。まさに空《くう》の躍動と呼ぶべき動きであった。譲は嬉しくなり部屋の入り口を開けるなり、地湧と同様一歩目をちょっとジャンプして地湧を抱きしめた。午前中の半失神状態が嘘のようで、小さな尻尾《しっぽ》を盛んに振って譲の胸のあたりを乳房を探すかのようにまさぐるのである。午前中、地湧は人間にあれほど苦しめられたのに、午前中のことはなかった様に振る舞う姿に、譲は自然界における親と子のありようと、無私の心を改めて強く感じ、今後の地湧とのあり方が見えたような気がした。

それから残りの初乳製剤をミルクと混ぜて飲ますと、ゴクゴクとなんと課せられた義務を果たすかのように全部飲みほした。譲は、これで地湧はこれから生き抜くための最初の峠をなんとか越えられたと、胸をなでおろした。


譲の住居から牛舎へは、竹林を通る細い小道で結ばれている。三、四十メートルのその小道の脇は、シイタケのホダ木の置き場にもなっている。その昔ここにバンヤン・アシュラムがあった頃、多くの若い猛者《もさ》たちが、食堂と瞑想小屋を結ぶこの小道を通ったものだ。地湧がここに来る数日前の朝、譲が牛舎へ行こうと、この小道に足を踏み入れた時、「アレ！」と足を止めた。無風状態のその竹林の小道で、シイタケのホダ木の間から、いつの間にかセンダンの若木が生え、左右に葉を広げ、その初々《ういうい》しい一本の緑の葉が手を回すようにくるくると円を描いている。譲は思わず若葉に手を振り、それから合掌した。それまでにも、譲はこういう情景に何度か遭遇していた。多分、無風状態と感じていても、その葉の周囲にわずかな風が吹いていて、このような情景を呈《てい》するのだろうが、譲はそれがまさに自然界の今そのものの真理の様態を提示していると思えてならなかった。

禅宗、特に臨済宗が修行と開悟に公案禅という手法を使う。言語を絶した絶対的事実をズバリとことばで指《さ》し示すやり方である。その公案のひとつに、お釈迦様が禅の法門を摩訶迦葉《まかかしょう》に伝授したとされる、いわゆる〝世尊拈花《せそんねんげ》〟……、この公案は、お釈迦様がある説法で、ひとことも語ることなく、手に持つ花をしきりと眺めている。聴衆は皆、意味がわからずポカンとしている。その中で摩訶迦葉という弟子のひとりが、ニッコリと笑ったのをお釈迦様が見て取り、「吾が仏道は全部これを摩訶迦葉に伝授する」と言った逸話である。この話がスーと通過できる人は、悟りの境地にあるというわけだ。

譲は、センダンの若葉が盛んに手を振る様は、自然界が演出する世尊拈花そのものではないかと解釈したのだった。その時から譲は得難い新たな植物の友を得たのだった。譲は一日数回センダンの若木の横を通るが、その度《たび》に若木の生きざまを拝見し、また譲を囲む今そのものの自然態を確認するのだった。
このセンダンとの出会いの数日後に、譲の前に突如、地湧が現れたわけで、地湧をセンダンの若木同様に真理の体現と見、その作用を地湧の動作の中に見たのも自然の成り行きであった。譲は、常にこの場が自然界から与えられた道場であり、地湧の自然無垢な作用に対し、自分がいかに自然態で対応できるかを研鑽する絶好の場が与えられたと解釈したのだ。

譲が何故、禅門の影響を強く受ける様になったのか、ここで話しておこう。ネパールで瞑想の日々を送っていた頃、神仏のもっと奥に普遍的真理があることはわかっていた。だが、それに至る道さえまだわかっていなかった。その道を呈示してくれた実情がこうなのだ。

理由は実に単純で、譲とチエがアメリカ、ニューメキシコ州の山中で日本人家族の元に三カ月程滞在し、そこからいよいよ中南米に向け旅立つ時、その日本人から数冊の本を借りた。メキシコを歩き始めて半月後、とある湖畔にテントを張り数日を過ごしていた。ある時、市場に買い物に行き、帰るとテントが荒らされていて、友人から借りた本がなくなっていた。近くに住む子供達が、珍し気によくテントに遊びに来ていて、日本語の本も珍し気に見ていた。きっとその子供達の仕業なのだが、持っていかれずに残された一冊があった。岩波文庫の『臨済録』で、細かい字で埋めつくされているだけで面白味がなかったので残していったのだろう。この日から、読む本は臨済録だけで、約一年半文章を諳《そら》んじるほど読み込んだ。勿論、内容もそれなりに理解し、臨済のいう「無畏《むい》の真人」の何たるかを求め続けた。この期間の体験が、それ以後の思索の源泉となっていった。

いよいよ譲の「育児生活」の始まりである。これから二カ月間は、日に三度授乳しなければならない。授乳時間は朝六時、昼は十一時半、夕方は五時。粉ミルクはデジタル計量器で量り、水は計量カップで量り、湯は温度計で測る。平田獣医の指示通りの分量で授乳を始めたが、三日間はミルクを残したり、食欲を示さなかったり、下痢気味になったりで、どうもしっくりしない。先生に電話で相談すると、先生が指示した分量は、出産時の体重が三十キログラム以上の仔牛の場合で、お宅のちびちゃんは二十キログラムくらいなので、指示した分量では多過ぎるのだろう。指示した三分の二くらいの分量から始めてみてはどうか、との返事だった。分量を減らしてやってみると、ミルクも完飲し便も正常に戻った。

譲が地湧の食の程度を知るには五日ほどの暇《ひま》がかかった。

この間、譲は常にある疑問を抱いていた。自然界では、授乳システムとは、母親の乳房に母乳が充填《じゅうてん》され、満たされると張ってきて吸い出してもらいたくなる。乳児は空腹を感じ母乳を欲し乳首に吸いつく。その間合いが一致するように計られている。母も子も何の迷いもない。量的にもある程度コントロールされているのだろう。譲が地湧に授乳する時間と量は、自然界とはかなりギャップがあるのではないか。そのギャップという人間の頑迷さが、自然そのものの地湧の体を深く傷つけてしまうのではないか。授乳を自然界に近づけるにはどうすればいいのだろうか。過食は粗食よりも多くの病を引き起こすものだ。特にこんな赤仔はなおさらである。譲は定量より少なめを心掛けて授乳した。そして何とか無理のない線を見つけ出し、それからほんの少量ずつ増量していった。


譲は授乳時に哺乳瓶とゆるく絞ったタオルをもって牛舎の手前から大きな声で、

「ジユウ、お元気ですか？」

と呼びながら小屋に入って行くのが常だった。地湧はいつも部屋のどこかで小さく蹲《うずくま》っているのだが、振り向き加減に譲を見ることが多かった。この時の地湧の目付きがなんともいえなかった。

「ジユウ、ミルクのお時間ですよ」

と声を掛けながら、譲はいっときその眼差しを見つめるのだった。その眼はペットの可愛らしいそれとは大違いだった。愛が昇華したインドの神様の絵に描かれているような眼でも決してない。譲の存在それ自体を見通すような真理が宿る眼であり、眼差しだった。それはまた、いのちの根源から形と命を与えられてしまった、存在としての深い静謐《せいひつ》と愁《うれ》いをたたえていた。それをたとえれば、役行者《えんのぎょうじゃ》の木像のあの眼であり、臨済禅師の肖像画のあの眼差しである。その視線は、人間の意識界を突き抜け、直接、自然界の命とその作用を見極《きわ》め、見守るものであった。ネパールのストゥーパに仏の眼が描かれてあるように、もし宇宙に眼があるとすれば、きっと地湧のこの眼がそれであろうと譲は思うのだった。

哺乳瓶を見ると、地湧はさてさてというふうに立ち上がる。ミルクを二、三滴、口元に垂らすと反射的に乳首に吸いつき、息つく暇もなく吸いまくり飲みほす。譲は哺乳瓶を片手に持ち、もう片方の手はゆるめに絞ったタオルで地湧の体の隅々まで拭いてやる。母牛は仔牛に授乳している間、仔牛の背腹や股間を嘗《な》めて汚れを取り、スキンシップするものである。譲もそれに倣《なら》って親の役割を演じるのである。この時が仔牛にとっては無上の時であるはずだ。飲み終わった地湧は今度は必ず譲の白い長靴に吸いつく。母牛の乳房を突き上げるように長靴を突き上げ、どこといわずに吸い続ける。邪険に振り払うわけにもいかず、遊び相手をしながらやらせておくと、部屋を出る時には長靴は毎度洗ったように真っ白になるのだった。

地湧の後追《あと》いをかわして部屋の外に出ると、地湧のパカラが始まる。食欲が満たされ意識が躁状態になり、思わず燥《はしゃ》ぎ回る状況を譲とチエはパカラと呼んだのだ。仔牛は、ひと部屋に一頭ずつそれぞれ繋《つな》いで飼われていたが、地湧は特別二部屋与えられ、放し飼いにされていた。生後二週間もすると尻尾《しっぽ》を上げ、所狭しと疾走する。止まり切れず壁に激突することも度々《たびたび》である。ある時は止まり切れずジャンプして餌箱との仕切りの縦格子に宙吊り状態になり、譲があわてて抱き下ろしたこともあった。牛舎には地湧をいれて四頭の仔牛がいたが、毎回餌を食べ終わり、一頭がパカラを始めると他の三頭も必ず連鎖反応を起こすのだった。他の三頭は、地湧より二、三カ月歳上なので体もふた回り以上大きく、こちらのパカラは互いに角競《つのぜ》り合いをして遊び、騒ぎも一段と派手だった。地湧は部屋の仕切り柵から顔を出し、羨望の眼差しで観戦するのだが、そのうち興奮の度合いを増し、自らも柱を相手に小さな頭を振りかざし大奮闘を演じる。

この年は七月に、例年より早いペースで二つの台風が南西諸島南部に接近・通過していった。諏訪之瀬島も台風が接近するにつれ、太平洋に面した切石の海岸には絶壁のようなうねりが逆巻き、ドドーンという波響《なみひびき》をたてて大波が打ち寄せる。台風が遠のき海岸に近づけるようになると、譲は寄せ木を集めるため切石の海岸に降りる。譲の家の風呂は五右衛門風呂なので、日々、薪《たきぎ》が相当量必要で、台風通過後の海岸では大量の流木を集めるのが容易だった。

譲は海岸に降り見渡すと、まず目に付いたのが、畳一畳分ぐらいの黒いゴム製のマットだった。〝地湧のベッドにしてやろう〟。譲の頭に閃《ひらめ》いた。その次に目に止まったのが、ドラム缶ほどの発泡スチロールの大浮子《うき》だった。〝地湧の遊び友だちにしてやろう〟。またまた閃いた。寄せ木集めはほどほどにしてこの戦利品を持ち帰り、早速地湧の部屋にマットを敷いた。ほどよくクッションが利いていて、地湧はしばらくあちこち匂いを嗅いでいたが、気に入ったようにマットに座り込んだ。地湧は二部屋のうちひと部屋を居間に、他方を遊び場に使い分けていたので、大浮子は遊び場の端《はし》に天井からロープで吊り下げた。ボクシングジムのサンドバッグよろしくである。地湧の「お友だち」になるのだから、達磨さんの顔を描き入れたらどんなに面白いだろうと、譲はマジックペンまで握ったが、ふと我に返り、そんな悪巫山戯《ふざけ》はするものではないと自らを戒め、マジックペンをポケットに仕舞った。地湧は、譲がお友だちをあれこれセットしている様子を冷ややかに見ていたが、セットが済み、譲が、

「ジユウ、お友だちが来たから仲良く遊んであげなさい」

と言いながら、お友だちを振り子のように動かすと、地湧はすっ飛び出てきて、まずは

好奇の眼で品定めをし、それから匂いを嗅ぎ回り、その後受け入れるという素振りを見せた。譲が、

「お友だちです。よろしくね」

と言ってお友だちを地湧に押しつけると、地湧はピョンと一歩退き、すぐに角も出てない頭でお友だちをグィグィ押しまくった。

これから数カ月間、地湧が島を離れる日まで、お友だちは地湧の遊び相手として、また耳標や鼻輪の装着、去勢など、人間の利権行為の犠牲となり心が引き裂かれた時、黙って傍《かたわ》らに寄り添い慰めてくれる友として、その役割をしっかりと果たしてくれた。特に地湧が六カ月齢を過ぎる頃からは芸ともいうべき技を体得し、パカラ時間には譲が敷ワラ用の枯れ茅《がや》を切っている面前で、その技を披露するのだった。まずお友だちを屋根裏まで跳ね上げ、落下するお友だちを今度はパカラをしながら腰で跳ね上げ、お友だちが地上に落下すると同時に前肢で抑え込む。しかもその演技中、お友だちを一度も見ないのだ。お友だちは、わが体の一部であるといった風情《ふぜい》で、演技終了後のなにくわぬ顔がまたいい。譲はいつも一人、拍手喝采した。人に見せたいとも思ったが、譲以外の人がいたら絶対に演技をしないのがわかっていたので、そのために人を呼んだことはなかった。

譲が日々、地湧と過ごす中で、地湧の一挙手一投足が真理の源泉からの現れであり、それに呼応する譲自身の一挙一動も同様であると強く意識するようになった。真理の源泉からの発露のままに生きるには、私という我や意識を完全に滅却しなければならない。人は自分を捨て切った時、初めて真実が見えてくるもので、言葉を換えれば、一度死んですべてを御破算にしたところから、初めて真実のままに生きられるのだ。

地湧とのこのような関係の中で、譲が日々首を傾《かし》げることがあった。毎朝夕、譲は牛糞と汚れた敷ワラを運び出し、新しい敷ワラを敷くのだが、地湧はこの敷ワラ作業が大好きで、この時とばかり譲に戯《じゃ》れてまとわりつく。生後二カ月を過ぎると力も強くなり、背後からパカラの余力で股や脹《ふく》ら脛《はぎ》を突かれるとかなり体にこたえるし、仕事も捗《はかど》らない。そこで譲は横目で地湧の動きを見ながら掃除を始め、地湧が調子に乗りパカラを始めると、地湧にロープを見せ、

「ジユウ、お縄ですよ」

といって地湧のオモテをロープで縛ることにした。この捕捉行為に対し地湧は一度も反抗したことがないし、いやがる仕種《しぐさ》もしない。ロープを解かれるまで実にお利口に、じっと耐えるのである。譲が地湧と過ごした数カ月間、地湧のこの振る舞いは変わることがなかった。譲が首を傾げたのは、地湧の目に見えない心の動きも無我からの発露であり表現

であるが、パカラから即刻素直さに変わる心の働きが読めなかった。無我からの発露に、すでに親と子の因果関係が織り込まれているとは思えないのだが、地湧の心はすでに親子関係が色濃く反映されていると譲には思われた。形あるものとして、この世界に姿を現す時点ですでに因果律の影響下にあり、地湧は譲を親だと思い、親が地湧に対し行ういかなる行為もそれを信じ甘受しなければならない……と、譲はそう理解するしかなかった。地湧は今後も、親から受けるさまざまな不条理を甘受し耐えなくてはならない。地湧が持つこの全幅の信頼感が、日々、地湧と接する譲の心を悩ませた。

和牛業界では、子牛生産農家が子牛を誕生から八、九カ月齢まで育成し、競《せ》りにかけ売買し、その後、肥育農家の手で約二十カ月間養われ、その後、競売屠殺され牛肉として市場《しじょう》に出回る。肉牛は経済動物であり、営利の対象にほかならない。地湧を育てるということは、譲の地湧に対する無為の作用であるとしても、結局は地湧を裏切ることになりはしないか。唯一それから逃れる道は、譲がこのまま地湧を島で飼い続けることである。地湧が雌であれば母牛として飼い続けることに何の問題も生じないが、地湧は雄である。譲にとっては、旅の道連れとして地湧を飼い続けたいが、世間ではそれをペットと呼ぶだろう。地湧を牧場に放牧し、譲が朝な夕な「ジユウ、モーイ！」と呼ぶと、どこに居ようとも蹄《ひづめ》の音高く体重五百キロを超える地湧が駆け参じる。飼料をあげながら、顔や首を撫でながら、譲は地湧にいろいろと話をする。地湧も耳を立ててそれを聞く。カラスのアラが飛んできて地湧の背中に止まり、飼料のおこぼれを狙う……譲はそんなあらぬ情景を夢想し、うっとりする。だが現実に立ち返れば、地湧を去勢するとはいえ、同じ牧区で種牛と平和裏に共存できるとは思えないし、道楽でペット飼いする牛に貴重な牧草を食われては、他の組合員も見逃してはくれまい。だからといって一生小屋飼いするなんてとても考えられない。選択肢はないのだ。譲は思案の挙げ句、なにも決めないことにした。売り物として飼うのではないから、飼料や乾燥草の量は地湧の好きにまかせた。日々の増体量など気にかけず、元気に気分良く日々を過ごせればそれに越したことはなかった。常にすべては整っているのだ。譲は何も心配せず、ただすべてを任せることにした。生きるということは折り合いをつけること……譲は心の奥で囁《ささや》きを聞いた。

譲の日常生活で身近な人は、連れ合いのチエを除けば数人の隣人だけである。その隣人も特に用がなければ、日々の意識にのぼることもほとんどない。ただ狭い社会なので、家のそばを車が通れば、誰が何のために車を走らせているかは手に取るようにわかりはするが……。

だが、譲の日常生活のある場面を切り取れば、必ずといってよいほど猫のニャンとカラスのアラとアララをその場面のどこかに見つけることができる。それほど身近にこの動物たちは譲の日常に入り込んで生きている。猫のニャンは野良猫で、アラとアララは渡りガラスではなく、島に二羽だけすみついている地ガラスだ。譲が地湧と過ごす時、大概その至近距離にニャンかアラ、アララがいる。畑仕事をしている時も、庭先で手仕事をしている時も、ニャンとアラ、アララは譲の仕種《しぐさ》を見ている。自《おの》ずから譲は猫やカラスを相手に、人に話すと同様の会話をするようになっていた。彼等も譲に対して鳴き方をいろいろ変えて、その時々の心のありようを表した。彼等が譲に纏《まと》わる第一の理由は勿論餌をもらうためだが、譲の人間面《づら》を剥いだ友だち付き合いも影響しているようだ。

ニャンの遍歴について簡単に話しておこう。幼少時は島のある家に飼われていたが、馴染めず家出して野良となり、一年ほど切石の海岸あたりを徘徊していた。数年前、娘のアユチが里帰りした際、庭先でニャンと娘が擦れ違い、動物好きな娘がこの猫を撫でたのが縁となり、猫は娘が島に滞在中ずっと付き纏《まと》い、娘が去ってからは強引に敷地内に居すわり続け、敷居は決して跨《また》がないという一線を堅持しつつ三食はしっかり要求し、呼び名もニャンとつけられ半野良猫の立場で現在に至っている。野良とはいえ、魚は飛び魚しか受け付けず、それもオイル焼きにしたもの。キャットフードも安物は受け付けないというグルメ猫である。家の周囲のネズミを捕るのを条件にチエから贅沢猫としての滞在を許されている。推定七、八歳。去勢済みの雄で薄茶色の縞模様、横顔《プロフィル》は、自分が野良であることを自覚していて、その自由さに対しての誇りを持っており、座敷猫の持つ甘えを受け付けぬ野性味がニャンの本性である。毅然《きぜん》とした身熟《みごなし》のなかに譲は真理の体現を見るのだった。決して人間の意識に左右されず、我が道を貫く生き方に徹している。なお孤独が友である。

次にカラスを紹介しておこう。雄ガラスをアラと呼び、その連れをアララと呼ぶ。譲がアラ、アララと顔馴染みになったのは、やはり数年前であった。その頃の譲は、切石港に隣接する生コンクリート・プラントでバッチャーマンとして働いていた。島の港湾や道路その他のインフラ工事で、コンクリート打設工事の際、プラントを操作して生コンクリートを出荷する仕事である。作業が始まると、終了までプラントに詰めなければならない。生コン車が来ると生コンクリート五立方メートルを投入し出荷し、また次の生コン車を待つ。港湾作業の場合は待ち時間はないが、道路作業の場合は三十分ほど待つことになる。プラントの二階にある操作室の窓際《ぎわ》に座り、その時々の雲や海の移ろいを眺め、道路の往来を眺めて待つのだが、その風景の中でとりわけ目を引くのが、プラントの山手のタブの大木に巣くう二羽のカラスだった。常に獲物を狙い海岸線を飛びかい、ある時は渡りの鳥を襲い、ある時は港に置いてある荷物を食い破り、譲と同じ工事の作業員が塵入れに捨てた弁当殻を引き出し散々《ちりぢり》にした。しかし時には、二羽で仲睦《なかむつ》まじく顔や首の羽繕《づくろ》いをし合ったり、巣立ったばかりの子ガラスを三羽連れてきて飛び方を教えたり、車庫のスラブにできた溜池で三十分以上も長行水をしたり、その時々いろいろな仕種を見せるのだった。譲の昼食は、プラントに弁当が届けられ、操作室で一人で食べるのだが、量が多くいつも残していた。この残り分をカラスにやったのが、顔見知りの始まりだった。やり始めて三日目には、カラスはその場で待つようになり、そのうち至近距離でも逃げもせず餌を食べるようになった。ある時、譲の目の前でカラスは自分の羽根を引き抜き、その羽根を譲にポイと投げてよこしたことがあった。多分抜けそうな羽根があって、邪魔だったので引き抜いただけのことだと思うが、譲にとってはまさにカラスからのプレゼントに思えたのだった。譲はその立派な羽根を操作盤の透き間に差して飾りにした。

その後、島の公共事業もめっきり減り、譲のプラントに詰める日数も激減すると、カラスは島の一番奥にある譲の家の周辺に姿を見せるようになった。そのうち毎朝、譲がニャンに朝食のキャットフードをあげる時刻に、二羽は揃って庭の木の枝に止まり、大声で自己主張の声を張り上げ、ニャンの食べ残しを待つようになった。譲はいつからとはなしに、雄をアラ、雌をアララと呼ぶようになっていた。譲にはこのアララに纏《まつ》わる娘との忘れられない想い出があった。娘が一、二歳の頃だったろうか。譲が娘に言葉を教えている時、こんなことを娘に訊《き》いた。

「イヌはワンワンってほえるよね。ネコはニャンニャンってなくよね。ではカラスはどうなくんだっけ?」

「アララ……」

と娘は答えた。譲はカァーカァーと答えてもらいたかったが、ちょうどその時、庭の木に止まっていたカラスがアララ、アララと鳴いたのだ。娘はそのアララをちゃんと聞いていたのだった。譲は娘に一目置くとともに、カラスは時にはアララとも鳴くことを知ったのだ。この記憶をもとに、二羽のカラスをアラとアララと名付けたのだ。

アラとアララは朝から晩まで実に精力的に捕食行動をした。それも場当たり的ではなく、場の動きと雰囲気を読んでの行動だった。特に子育て期間中は遊び無駄がなかった。

譲がなぜアラとアララを旅の道連れとしてその動きに注視したのか。それは、一瞬一瞬の有り様《よう》を自然体で見定めての決定《けつじょう》が徹底できない譲は、相手の作用を見て自ずと反応できる適応力が必要だと思っていたからだ。アラとアララはその達人であった。譲は、達磨さんのように面壁九年、壁観を研ぎすまし時を刻むような資質など、毛頭持ち合わせていないので、せめて自然体のままに生きる動物を手本として時を刻むことで、少しでも自らの有り様を見極めたいとの思いがあったからだ。相手が人間の場合は、乳幼児のなかに無垢な命の輝きを見ることはできるが、錬磨された働きを自然体で体現する人を譲は知らない。

アラは、譲が牧場で牛に飼料をあげている時や畑で農作業をしている時、手の届く近くに飛んできて、目をパチクリさせ、嘴《くちばし》を少し開け、何かを訴えるように喉の奥から言葉のようなものを喋《しゃべ》るのである。譲も相手をして、

「アラがなにを言っているかわかればいいのにね。でもこうして喋っているだけでも嬉しいよ、ありがとう」

などと言うのだった。牧場では、アラは牛がこぼした飼料を待ってましたとばかりに横ですぐに食べ始める。譲が地湧の世話をしている時も、小屋の柵に止まり待っている。地湧が飼料を少し残した時など、譲がアラの前にこぼしてあげるからだ。

アラとアララの話の最後に、譲がアラの一声で悟りが開けた夜明けの刻、何故アラは譲の寝床の真上の屋根に来て鳴いたのか、の話をしておきたいと思う。

島ではどの家も畑も牛舎もネズミの被害に遭っていた。譲の家では特に明け方、天井裏を運動会場にしてネズミが走り回っていた。アラはいつの日からか、この運動会に気付き、天井裏で走り回るネズミを追って、屋根の上で足音高く追い立てた。ある日、一匹のネズ

ミが足音に追い立てられ、軒の透き間から外へ飛び出したその瞬間をアラは見逃さず、その獲物を仕留めた。アラはその後、度々《たびたび》同じ方法で狩りを試みた。何匹の獲物にありつけたかは不明だが、そんなある夜明けのアラの一声が譲を覚醒させたのだ。

この話にもまた注釈をつけなければ、話が通じないだろう。なぜ屋根裏を走るネズミを屋根の上にいるカラスがわかるのか。瓦屋根の家屋では、こんな話は持ち上がらない。島でも最近では内地の業者が建てた家が増え、屋根の様相も変わってきたが、二十年前までは、自分の家は自分が建てるが原則だった。それが家の主《あるじ》として、また島での一人前の男としての甲斐性でもあった。譲も三十歳の時、山から切り出した材木で十二畳ひと間と四畳半の台所のある掘立小屋を建てた。その小屋で十年ほど生活し、四十歳の時に今住んでいる木造家屋を建てた。勿論、譲一人でだ。

島の家屋の屋根は、杉板張りの上にルーフィングというタール紙を張り、コールタールを塗布して仕上げるのが常道だった。トカラ列島は台風銀座といわれるくらい、毎年台風の襲来を受ける為、カワラやスレートは風害を受けやすいというので、この工法が定着していた。安上がりだし、簡単な施工がなんといっても利点である。そんな訳で、屋根の上と屋根裏は薄い板一枚で仕切られ、互いの音は筒抜け状態なのだ。そこでアラはネズミの気配を追い、ネズミはアラの足音に逃げ惑うといったわけである。

地湧が四カ月齢に入り、去勢手術を受ける時がやってきた。

人間社会の中に組み込まれてしまった自然は、哀れにも個体維持、種族維持の能力を人間の御都合により管理され利用される。人間自身も人体という自然を、社会の利潤追求の仕組みと自らの無知・我欲によって荒廃させてしまっているが……。

地湧の場合も育成牛の制度に法《のっと》り去勢は避けては通れなかった。去勢をするということは、人為的にそれ以後の男性ホルモンの供給をストップさせ、繁殖能力を奪い中性化させるということである。男性を奪い、その結果、容姿も性格もすべて変わってしまう。地湧をこれまで育ててきた自然の力を、人間の都合でつくった価値観で無理強《じ》いして方向転換させ、地湧の今後の生をすべて変えてしまうということである。譲は人間社会の一員として、地湧と自然界の主宰者に対し自らの非を詫びた。譲はそれ以降も地湧に対して罪悪感と謝罪の気持ちを持ち続けた。地湧はいわれのない精神的・肉体的苦痛に耐えなければならないのだ。

平田獣医には事前に連絡し来島の日付を確認していたが、その当日の定期船に姿はなかった。聞いたところ、手前の島の平島で急患の牛がでたので急遽《きゅうきょ》下船したとのことだっ

た。来島は次便以降と思っていたら翌朝電話で、

「平島の牛が小康状態なので、今漁船で諏訪之瀬島に来ました。今から伺います」

とのこと。譲は急いで地湧の部屋を清掃し、敷ワラをいつもの倍以上敷きつめ地湧を固定していると、衛生補助員の良太が車で先生を連れてきた。譲は先生に、漁船を使ってまで来島してくれたお礼を言った。先生は、

「他の農家さんにも去勢手術を頼まれていたし、平島の牛の容体が悪化したら今月は諏訪之瀬島には来れなくなるので今日しかないと思い、思い切って来ました」

と笑顔で答えた。一分とかからずに先生は準備を終え、地湧の部屋に入った。

「牛の目をタオルで覆い目隠しして下さい。それからオモテをしっかりと固定しておいて下さいね。良太さんは牛の胴を強く押さえておいて下さい」

譲は地湧のオモテをしっかり握り、地湧を宥《なだ》めるために片方の手で首筋を強く撫でた。先生はメスで陰嚢の下部を切ると、二個の睾丸が垂れ下がった。先生はすかさず睾丸を引きちぎった。地湧の腰がガクリと落ちた。譲にも痛みが伝わりガクリと感じた。あとは切開部にヨードチンキを塗布し、血止めの注射を一本打って去勢手術は終わった。五分間もかからなかった。譲は地湧のオモテを緩め、部屋に放した。地湧は訳のわからぬ恐怖におののいている様子だった。譲は地湧にやさしく声をかけたかったが、先生や良太の手前押

し黙っていた。先生は手を洗いながら何事もなかったような笑い声で、

「この去勢方法は、アメリカインディアンが昔からやっている方法で、ある日本人が近年向こうで覚えてきて、帰国後、地元でやったら、これはいい方法だと爆発的に全国に広まったんですよ。本来の獣医の去勢手術はすごく手間がかかるし、この方法でも牛体にそれほど負担はかかりませんし、術後の回復も早いですから、二、三日、敷ワラを清潔な状態に保って下さい」

そう言って、先生と良太は次の農家へと車を走らせた。

地湧は部屋の隅で固まっていた。譲はいざふたりきりになると地湧にかける言葉もなく様子を見ていたが、今はそっとしてこの場から立ち去った方がいいと思い、

「ジユウ、また後から様子を見に来るからね」

と言って牛舎をあとにした。昼に餌をやりに牛舎に行くと、地湧は同じ所にずっと立っていた。

「ジユウ、おいしい飼料ですよ、早くいらっしゃい」

と言っても動こうともしなかった。譲と目線が合わないようにあらぬ方を向いたまま何の関心も示さなかった。譲は、まだ部屋には入らぬ方がいいと思い、

「ジユウ、気が向いたら食べなよ、また来るからね」

と言い、他の子牛に餌と水を補給し、その場を立ち去った。

夕方牛舎に行くと、昼にあげた飼料は食べていた。譲の姿を見ると後退《あとずさ》りした。股をいつもより開き加減にし、座りたくても座れないといった様子だった。飼料や草を餌箱に入れても、痛さのためか、少しは反抗心の表れか、やはり関心を示さなかった。譲はいまだそっとしておくのが一番だと思い、

「ジユウ、今日は大変な目に遭わせてしまって本当に御免よ。今も痛むでしょう。……明日になれば良くなるから辛抱してね。……あとから少しは食べてね。……今日はこれで行くからね」

地湧は今どんな気持ちでいるのだろうかと譲は推し量ってみたが、地湧の心を読み取ることはできなかった。ただ、立ち続けることに疲れて、座りたいのだがどうにも座ることもできないという様子を読み取ることはできた。譲はそっと立ち去った。

翌朝いつもより早く牛舎に行くと、地湧は部屋の奥に蹲《うずくま》っていた。

「ジユウ、おはよう、調子はいかが?」

と声をかけたが、身動きひとつせずにじっと譲を見つめた。昨夕の餌は半分ほど食べていた。譲は地湧の現状が今度はわかった。昨夕とは逆に、やっと座ったものの今度は立ち上がりたいのに、痛さで立つ術《すべ》も無いのである。譲はすぐに部屋に入り、地湧の横に跪《ひざまず》き

顔を抱いてやった。地湧は顎《あご》を譲の膝にあずけて目をつむり、じっとしていた。譲も無言で地湧の顔や首をやさしく撫でた。静かな時が流れ、地湧の喉頚《のどくび》の体温が譲の膝から流れ入る頃、譲の心の蟠《わだかま》りも少しずつ氷解し流れ去って行くのだった。そしてほどなく譲と地湧は以前の心の状態に戻ることができたのだ。結局は、譲の心にさまざまな憶測が生じ、その憶測が心配を生み地湧に配慮する心も生じたのだが、真理からは逸脱していたのだ。だがしかし、真理《まこと》とは、生きるとは、その思いやりの心の中にこそあるのかも知れない……。

その日の夕方には、地湧は食欲も戻り、動きもかなり回復したのだった。

地湧の去勢手術後の三カ月間、譲が私用で鹿児島に上ったり他の島に行ったりはしたが、地湧をはじめとして牛舎の子牛たちはみな順調に育っていった。譲にとっても地湧にとっても、平穏な日々が過ぎていった。取り立てて何事もなく、平穏であるという事実は、人間社会だけでなく自然界にとっても貴重で大切な事柄である。

時と因縁の歯車が予測通りにきちんと噛み合い、あるべき姿を刻む時、自然界に豊饒の賛歌が湧き上がり、その中で命には心が芽生え育《はぐく》まれる。心は豊かな感性を膨らませ、美の世界を表現し、その奥の院の創造主を称える。平穏であることは、命のありようを完結に導く天の手引きであり、天のもと、本来は平穏にすべては完結されねばならないのだ。その手段として愛が、自由が、平等が唄われた。それは古い昔のエデンの園の理想神話なのか。

平穏であるためには、訪れる時を予見し豊かな感受性でその時を受け入れ、そっと送り出さねばならない。そのような折り合いの深まりが、生きとし生ける命を生を、より美しく輝かせ充実させる。そして前へ押し出す。

譲と地湧のこの時期の平穏な日々は、二つの命の絆を深め、それ以後のさまざまな出来事を処《しょ》し、前進させる心の拠《よ》り所を醸成する、時の歯車の刻《きざ》みであった。

二月初旬、同じ牛舎に飼われていた三頭の子牛は、競《せ》り出荷のため鹿児島へ送られた。ここで子牛競りの現状について概略を説明しておこう。競り市場は大きな離島を除くと、鹿児島県下に七カ所あり、譲が住む十島村の子牛はその内のひとつ、鹿児島中央市場に出荷される。市場の場所は、鹿児島市の北西二十キロ程の伊集院町にあり、車では四、五十分の距離にある。

毎月一回、子牛競り市が開かれ、毎回約三百頭ほどの子牛が売買される。島から子牛を出荷する場合、市場の開催日より一週間から十日ほど前に定期船で鹿児島に送り、子牛は市場に係留され開催日を待つ。子牛を出荷した者は、随行者として開催日間際《まぎわ》に鹿児島に行き、競りに立ち合う。競り当日の早朝、鹿児島市内にある十島村役場前から、役場が仕立てたバスで市場へ向かう。

譲が牛を飼い始めた頃は、博労《ばくろう》という牛買人が島に来て、それこそ庭先で足元を見られ薄利で買い叩かれたものだ。時代は変わったものだ。

牛舎には地湧だけが残り寂しくなった。地湧は七カ月齢に入ったところだった。その日、譲は地湧がもっと活発に動けるようにと、五部屋全部を開放した。各部屋の仕切りを取り除くと、地湧は初めは各部屋の匂いを嗅ぎ回っていたが、そのうち、わが意を得たりと跳んだりはねたりし始めた。譲が柵越しに見ていると、譲の前に顔を突き出し譲と目を合わせ、また反転して鼻息荒く得意気に各部屋を走り抜ける。何度もその行動を繰り返し、嬉しくてたまらないといった風だった。

譲はその数日前から所属する建設会社の仕事が始まり、終日仕事に出ていた。譲が夕方仕事から戻るなり、いきなりチエが文句を言った。チエが昼に地湧に餌をやりに行くと、地湧は牛舎の周りを走り回っていたというのだ。チエは部屋の入り口を開け、竹の棒でやっと追い込んだという。

「なんでこんなことが起こるわけ？　畑に走り込んだらどうするつもりなの、まったく！」

チエは譲を睨《にら》みつけ腹立たしげに言い捨てた。譲は言葉もなかった。なんで地湧が牛舎から出たのか見当がつかなかった。チエの恐ろしい顔から逃れるため、譲は踵《きびす》を返しすぐに牛舎に向かった。牛舎の周囲は地湧の夥《おびただ》しい足跡で荒れていた。かなりの時間走り回った様子が窺《うかが》えた。各部屋の入り口はチエがロープで何重にも括《くく》り付けていた。譲は思わず苦笑した。彼女はロープの縛り方をまったく知らず、闇雲にグルグル巻きのダンゴにしていた。各入り口には鉄筋を加工したハンドルが付いていて、それでロックするようになっていた。譲にロックの閉め忘れは考えられなかった。なぜ地湧が外に出れたのか、譲は頭を傾《かし》げるのだった。

「ジユウ、今日は外で走り回ったそうじゃない。どこから出たの？」

譲は柵越しに地湧に声をかけると、地湧は走り寄っていつものようにさかんに譲を嘗《な》めようと舌を伸ばす。譲は地湧に小言を言っても仕方がないので、

「ジユウ、今日は外を思う存分走り回って楽しかったろう」

と言いながら顔や首を撫でてやった。地湧に飼料と草を与え、掃除のためチエが縛り込んだロープを解《ほど》き中に入り掃除を終え、入り口をハンドルロックした。翌日分の草をカッ

ターで切っていると、餌を食べ終わった地湧は、入り口のハンドルを中から舌を伸ばして嘗め始めた。譲は草を切りながら横目で様子を見ていると、数分後に舌でハンドルを半回転して入り口を開けたのだ。その入り口のハンドルは特に鉄筋が劣化していて、ハンドルが緩《ゆる》くなっていたが、まさか舌で開けるとは思ってもみなかったのだ。譲は、ああ、これだ！　と合点した。チエがやったように入り口をロープで縛るしか方法はなかった。譲はすべての入り口をしっかりと縛り直した。これで一件落着、地湧はもう牛舎から脱走することはないだろうと譲は住居に戻った。

翌朝、譲はいつも通りに牛舎の手前から、

「ジユウ、おはよう、お元気でしたか？」

と声を掛けながら牛舎に入って行った。いつもなら走り寄って来るのに、その姿がない。あれ、おかしいなと譲はよくよく見るのだが、地湧の姿は見えない。

「しまった！」

と譲は叫んだ。牛舎の周囲に気配はない。牛舎から道路に出てしまったら、島のどこへでも行ける。牛舎の前の道路は集落と榊戸原《さかきどばる》牧場を結んでいる。集落の方か牧場の方か、それとも竹林のどこかに迷い込んでいるか、これは大変なことになったと譲は思った。捜すのも厄介だが、地湧の身に何かが起こる危険も潜んでいる。この時間帯は車の往来も多く、出会い頭の事故も考えられる。早く手立てを講じなければと、まず道路に通ずる道の足跡を追ってみたが、道路に出る直前に引き返した跡があった。譲はまずは一安心した。残るは、家庭菜園をしている畑である。そちらの道の足跡を辿《たど》ると、間違いなく畑へ行っている。急いで畑に行くと、見るも無残、畑全体に張り巡らせてある防鳥ネットがズタズタに引き裂かれ、盲滅法《めくら》走り回った蹄跡《ひづめ》が作物を蹴散らしていた。畑の一番奥に、まだ暴れ足りない格好の地湧が動作を止めて譲を見た。興奮の絶頂で、角には防鳥ネットの長い切れ端を戦利品のように巻いていた。譲は大声で、

「ジユウ、お前はなんてことをしてるんだ！　早くこっちへ来い！」

と怒鳴った。譲は、畑は滅茶苦茶にされたが地湧が無事ここにいたのでほっとした。地湧を牛舎に引っ張り込むにはロープがいるので、

「ジユウ、こっちへ来い！」

とまた怒鳴り、譲は急いで牛舎に引き返した。ロープを持って出ると、地湧は譲の後を追って牛舎の手前まで来ていた。譲は急いで地湧のオモテにロープのフックをかけた。地湧は別にいやがる風でもなかった。

「なんでこんなことをしたの！」

譲は地湧を睨みつけ怒鳴りつけた。地湧はそれまでの勝者の態度から、少し悪びれた不

安感に襲われ縮《ちぢ》こまった。

「さあ、早くおいで！」

譲はロープを強く引いたが、地湧は脚を踏ん張り動こうとしない。

「なにをしているの！　時間がないんだから早くおいで！」

仕事に行く時間が迫っていた。譲は少し感情的にかなり力を込めて引っぱるが、二百キロを超えるまで成長した地湧の踏ん張る力が勝りびくともしない。地湧の表情も譲の今の行為をきっぱりと拒絶していた。地湧が初めて譲に対し反抗心を見せた時だった。一時《いっとき》、譲は引っぱり続けたが、思い直しロープを緩《ゆる》めた。真理はどちらにも軍配を上げない、という考えが頭を過《よぎ》ったからだ。それに地湧はほかの牛とは違うのだ。力尽《ずく》で物事に決着をつけるやり方は地湧には通じないし、譲がこんなやり方で我を通そうとすること自体、地湧と一緒に生きてきた意味を失い、譲が真理の実践に邁進している姿勢そのものを否定することにもなる。善悪や正誤などそもそもないのだから、その奥の作用を見つめ続け今の事態に折り合いをつけていかなければならないのだ。譲は冷静さを取り戻し、地湧のオモテを握り、片手で首筋を撫ぜながら話しかけた。

「今朝のジユウが畑で暴れたことは責めないよ。ただ、今は牛舎に戻ってもらいたいんだ。時間がないんだよ、さあ行こう」

譲が地湧のオモテをしゃくると、地湧は素直に従った。地湧を部屋に繋《つな》ぎ、どこから脱出したのか調べてみると、なんと牛舎の裏に出る戸を開けたのだ。その戸は、牛舎を作って以来ほとんど使ったことがなく、譲自身もそこに戸があることをすっかり忘れていて、昨日、紐で縛るのを忘れていたのである。その戸のハンドルを地湧が舌で開けたのだった。

「ジユウ、今日一日はロープで繋ぐからね。もう二度と脱走しないように見せしめだからね」

譲は飼料と草と水を与え、急いで牛舎から出た。と、目の前で腕を腰に当て仁王立ちした夜叉の形相のチエのカミナリが落ちた。

「あの畑はなんなのよ！　滅茶苦茶じゃない！　どうするつもりよ！　だから私は昨日も口を酸っぱくしてあれほど言ったじゃない！　いつだって平気だ大丈夫だって言って、だから私はあんたを信用できないのよ。これからやっと本格的に収穫できるのに、食べる野菜がないじゃない。何のために苦労して育てたのよ。あんたの道楽になんか付き合っていられないんだから……」

譲はチエの横をすり抜け、

「早く仕事に行かないと遅刻しちゃう」

とだけ言い残して、そそくさと逃げ出した。勿論、チエのお怒《いか》りは十二分にわかるが、チエ以上に譲にとっても痛手なのだ。いわばチエは畑のオーナーで、采配を振るい、譲は小作人として畑を耕し畝を切り堆肥を作り、種を蒔き作物の手入れをし、収穫し、火山灰・風害・鳥虫対策をし……今回の場合もなにもかも譲が善処しなければならないのだ。勿論、その原因を作ったのは譲なのだから、この件に関しては一切の責任を負わなくてはならない。言い訳は無用なので沈黙を通すしかない。だが譲にとっては、今回の件はそれほど深刻な出来事ではなかった。誰かが精神的・肉体的ダメージを受けたわけでもないし、一日手間をかければなんとかなる程度のものだった。

仕事が早めに終わったので、譲はまず地湧の様子を見に行った。一日中ロープに繋がれていて少しは窮屈な思いをしているだろうと思いきや、その寛《くつろ》ぎ方を見てすぐに杞憂《きゆう》だと知れた。ロープに繋がれていることをまったく気にしてないのだ。地湧は、おのれの境遇を理解し遵守《じゅんしゅ》する能力を持ち合わせているようだった。この順応力が、これから起きるであろう地湧の境遇の変化に、その都度適応してくれるようにと譲は願った。

譲は、朝の脱走口を釘付けし、地湧のロープを解き、畑に行ってネットを張り直し、作物を立て直し畝に土寄せして、なんとか日常生活に支障をきたさない程度に応急処置をした。

地湧の生まれた日は七月上旬なので、年が明けての三月か四月の競りに出荷しなければならなかった。競りにかけるということは、その後は肥育農家の元で育てられ、生後二年半ほどで屠殺され食肉になるということである。譲はその現実を回避したかったが、出荷はどうしても避けて通れなかった。譲は少しでも長く地湧に寄り添い、地湧の短い生涯の中の命の輝きをともに生き、そしてまた地湧の自然体からの真理の発露を少しでも多く吸収し、せめて譲の中で地湧が生き続けられるようにしたかった。そこで三月出荷はやめ、四月十一日の競り日に出すことにした。島からは四月六日の定期船で鹿児島に送ることになった。

譲は地湧に自由に食べさせた。体重や体高、増体量などはどうでもよかった。地湧も承知尽《ずく》か、無理食いすることはなかった。地湧の体格は並みであったが、見た目はスリムだった。三月に入り工事作業も終了したので、譲は朝昼夕の三回、部屋を掃除し敷ワラを替え、金《かな》ぐしとブラシで地湧の全身をブラッシングした。敷ワラを撒《ま》き広げる時は、空中を舞う切れガヤの中に頭を突っ込み、パカラの大燥《はしゃ》ぎをし、言葉をかけながらのブラッシング時は、首を垂れうっとりと陶酔境に入るのだった。毎度、譲が牛舎に近づくと、地湧は気配を察し急いで入り口に出迎え、去る時はまだ行くなとモーモー連呼し呼び止めるのだった。譲も何度となく後ろ髪を引かれる思いでUターンしたことがあった。

三月も末になり地湧の出荷日が近づくにつれ、譲の地湧に対する憐憫《れんびん》の情が増し、また自らの裏切り行為に対する罪悪感がますます募り、地湧に対して詫びる言葉も空々しいと自嘲しながらも、ある日、言葉に出して地湧に言わねばからなかった。

譲は手の平で地湧の顔を包み、真っすぐに地湧を見つめて言った。

「ジユウ、あと一週間で、とんでもない世界にジユウを送り出さなければならない。命の尊厳も慈《いつく》しみも自由もまったくない欲望だけの世界なのだ。こうなることを承知で今までジユウを育ててきた俺も、実にその世界の人間なのだ。我欲が支配する世界を脱し、より真理に近い世界を求め日々努力はしているのだけど……。今更許してくれとは言えない。ただ、ごめんよ。ごめんよ」

地湧は言葉がわかるのか耳を立て、寂しげにじっとしていた。

譲は牛舎を出ながら、自分も含めたこの人間社会が、誤った価値観を増幅させ築いてきた文明の倒錯を、糾弾し証《あか》すためにも、真理を究《きわ》める道を邁進しなければと決意を新たにするのだった。

出荷日が近づくにつれ、地湧のそれまでの、自らの生命力の活発発地《はっち》の動きが徐々に薄れていった。どこか具合が悪いのかと思うほど、ただ佇《たたず》んで一点を見つめじっとしていることが多くなった。大好きな飼料も積極的に食べるということはなく、餌箱の前で譲が呼んで、話しかけながら頬を撫ぜてやるとやっと食べ始め、手を放すと食べるのをやめてしまう。朝夕二回、地湧が飼料を食べる間、譲は餌箱の前に座り、頬を撫ぜながら話しかけるのだった。話の内容は、譲の人には言えない心の吐露だった。初めは、こんなことを毎度してあげる時間などないと思ったが、撫ぜながら話しかけている間、地湧は以前と同じ食欲で食べるし、地湧もそうされることを望んでいた。譲も何度か繰り返すうちに、地湧とそうして過ごす時こそが譲にとっても、今そのものに溶け入り真実に自らの命を生きている時であることがわかった。そうして過ごす時の間は、寄る辺のない命と命のかぼそい糸が紡がれ、時というティエラ（横糸を締める木のヘラ）で織り込まれ、モノクロの寂しい真理の帯が一本、姿を現し、また立ち消えていくだけなのだが……。

いよいよ地湧を送り出す日が迫ってきた。明朝の定期船上《のぼ》り便に地湧を乗せねばならない。四月とはいえ水はまだ冷たい。譲は昼の太陽が高い時間帯を見計らって、地湧を牛舎の前の広場に出して、冷たい山水で別れの水浴をさせた。地湧の体は毎日ブラッシングをしているので汚れてはいないが、譲にとっては、息子を送り出す時の晴れ着がわりにと心を込めて洗い流した。地湧も気持ち良さそうに俯《うつむ》き加減にじっとしていた。そのあと、競《せ》り用の紫色のオモテを締め、緑色の鼻輪紐《ひも》を付けると、何故か凛々《りり》しい若武者のように栄《は》えた。譲はいつものように地湧にかける言葉が湧き出てこなかった。いつもより厚く敷ワラを敷き、地湧を部屋に入れた。

「ジユウ、ここで過ごすのも今日一日になったね。だから、どうかゆっくり過ごしてね。夕方また来るからね」

そう言って部屋を離れた。

夕方、いつものように、

「ジユウ、お元気ですか？」

と声を掛けながら牛舎に入って行った。部屋の一番奥に座っていた地湧は、ゆっくり立ち上がり、一歩一歩いつもとは違う歩調で近づいてきた。譲は〝あれ？〟と思い、地湧の顔を見た。地湧は泣いていた。涙で瞳は光り、下瞼《まぶた》は涙の滴《しずく》で大きく濡れていた。地湧には明日の別れがわかっていたのだ。譲は地湧の顔を手で抱いて、頬にまで流れる涙を親指でやさしく拭《ぬぐ》った。地湧の命からほとばしる無念の滴だった。

かけてあげる言葉とてなく、譲も一緒に泣きたかった。譲はこの涙を、この惜別と、生まれてきてしまった命のあやうさへの不安の累積が、地湧の心を引き裂き、今、堰《せき》を切って流れ出たものと解したのだった。だが、譲は改めて地湧の涙あふれる瞳を見つめた。地湧も譲をじっと見つめた。なんと地湧の瞳は愁《うれ》いではなく明るく慈愛の光に満ちていた。その光は、譲の心にたち籠る霧を一瞬で解き晴らすものだった。譲は咄嗟にはっとして背筋が伸びた。地湧の涙は惜別や悲哀の情ではなく、譲の心情を斟酌《しんしゃく》し、譲のすべてを許し、すべてあるがままを受け入れる真理から滲《にじ》み出た慈悲の涙なのだと直覚した。譲は思わず地湧から手を放し、その涙に手を合わせた。思いもよらぬことだった。譲の心に法悦が徐徐に広がり、手を合わせながらその慈悲の涙に思いをしずめた。

〝人は日々、割り切れない価値観や主義主張に揉《も》まれ、その痛みの中で生きている。その痛みを超えた生き方を求め実践したとしても、『生きるということ』自体に拭《ぬぐ》い去れない因縁尽《ずく》が落葉のように散り積もる。それを流し去るのは涙しかないのだ。その涙とは、すべてのものは、遍満する一者の現れであり、声なき一者の、存在そのものに対する深い慈《いつく》しみの情が涙となって顕現し流れたものだ。地湧の瞳から溢れ出た涙は、実にその涙だったのだ。それはまさに地蔵様の涙そのものだ〟

と譲は気がついた。

深い法悦に浸《ひた》る間もなく、真言的な言葉が譲の脳裏に告げられた。その言葉は、譲が日日問い続けている瞬時をいかに完結し続けるか、の答えであった。譲にとってはまさに地蔵様の導きの言葉として響いた。

〝他力本願でもなく自力本願でもなく、自らの命の常なる自浄作用の核として生きるには、遍満する不思議力と自らの不思議力の一瞬一瞬を見据え、一如となし、手を合わせて生きていきなさい〟

そうなのか、信仰でも教義でもなく、不可思議界を見据えること、それが人間の意識を介在させずとも真理たりえる終着点なのだ。譲が悟りの後、どうしても越えられなかった一線は消え去った。譲は手を合わせながら、改めて地湧の出現とその成長、そして地湧の流した涙に感涙した。そして今まさにこうしていることが、不思議力の顕現であり、手を合わせるこの姿は真言の言葉そのものだと、自ら得心するのだった。

譲が感動の礼拝から意識を戻し視線を地湧に向けると、地湧の目は久し振りにやんちゃな眼差しに戻っていて、まずは何をして遊ぼうかと行動を起こそうとしていた。譲もなぜか燥《はしゃ》ぎ気《げ》がたち、

「ジユウ、お友だちと思い切り遊びな!」

と大きな発泡スチロールのブイを指差した。地湧はその場で一度ジャンプし、お友だちに突進した。角をたて、お友だちを突き回し、発泡の粉を部屋いっぱいに舞い立たせた。体重三百キロ近くまで成長した真っ黒な地湧の体にまるで紙吹雪のように白い粉が舞い散

り、地湧の今の姿が祝福されているように譲には思われた。眼前に展開される地湧とお友だちの妙技の連続の不思議さと、それをとらえる譲の心の不思議さは、一者の無窮の深処で結ばれ消え去り、その様を見据える譲はもはや言葉を失い、ただ手を合わせるのだった。地湧はお友だちをひときわ高く突き上げて、落ちてきたところを前脚で押さえ込んだ。歌舞伎役者が中空を睨み、見えを切り、型を納めるあの仕種に似ていた。お友だちとの最後の演技だった。体中《からだじゅう》発泡の粉を付け得意そうに譲のもとに戻ってきた地湧を譲は拍手で迎え、顔を抱いて賛辞の言葉を浴びせた。それから飼料と草を多めに餌箱に入れると、快活に食べ始め最終日の心身の健全さを証してくれた。

二〇一四年、四月六日。いよいよ旅立ちの朝が来た。譲は目覚めるとすぐに、ああ、今日が来てしまった、と時の流れの容赦なさを疎《うと》んじた。朝七時に牛運搬車が地湧を迎えに来る。私情を挟む暇などない。すぐに牛舎に行き、

「ジユウ、いよいよの時が来ましたよ。出発の準備をしましょう」

譲は牽引《けんいん》ロープを地湧のオモテに取り、牛舎の外へ誘《いざな》った。地湧はすべてを承知しているように譲に従った。譲は、ほかの牛の出荷時のように地湧も抵抗して少しは踏ん張ればいいのにと、心の片隅で思うのだった。ほどなく車が到着し、譲は荷台からロープを引き、斜路を誘引しようとするが、今度は踏ん張って動こうとしない。ちょうど最近牛飼いを始

めた若者が通りかかり、手伝ってくれて地湧の尻を押すのだが、やはり頑として動こうとしない。譲は〝まてよ〟と思い、ロープを引く手を緩め、尻を押すのもやめてもらい、

「ジユウ、さあ上っておいで」

と言うと、地湧はさっさと自分で荷台に乗ってきた。地湧はやはりそういう牛なのだ。無理強《じ》いで行動を支配されたくないのだ。

切石港の牛コンテナには、今回出荷予定の他の二頭はすでに運ばれていて、地湧もその横に係留され、三頭はフェリーとしま入港までの二時間ほど護岸上に放置される。子牛たちはすみ慣れた牛舎から引き出された後は、人間が決めたルールとルートに乗せられ過酷な移動を強いられる。勿論、地湧もその例外ではない。

譲が地湧を港のコンテナに係留して家に戻ると、チエが今日は私も地湧の見送りに行くと言った。今まで数十頭の子牛を出荷したが、チエが子牛を見送りに港まで行ったことなど一度もなかった。譲の地湧への思い入れが常常《じょうじょう》ではなかったのを知ってのことなのか、チエの常にはない素直さが譲には嬉しかった。フェリーとしまの入港二十分前には港に行き、二人はすぐに牛コンテナに向かった。地湧は落ち着いていて、譲やチエが顔や首を撫ぜるにまかせていた。チエは早速、他の二頭との比較を始め、コンテナを二周ほどして品定めをしていた。

「こっちの牛の方が見栄えするわね」
と横の牛を褒《ほ》めた。譲は聞こえない振りをした。地湧に関しては、その類《たぐい》の話はしたくなかった。次元が違うのだ。チエにとっては子牛は金なので仕方ないが、譲にとってはやはり辛かった。地湧の体を見て、金換算してもらいたくなかった。だが、その世界に送り出すのだ。

フェリーとしまが入港し、チエが地湧にかけたお別れの言葉が、
「地湧、頑張ってきてね」
だった。譲は言葉を失っていた。地湧を乗せたコンテナはフェリーとしまのフォークリフトで船内に消えていった。

四月十日、譲は翌日の競り市に地湧の随行者として出場する為、定期船で鹿児島に向かった。そして翌日、朝六時半に、十島村役場横に駐車する競り市場行きのバスの最前列の座席に座った。

車が走り出すと、車窓から陽光がまばゆく差し込み、桜島の山影から朝日が昇り始めた。普段の時なら、錦江湾の澄んだ朝空と桜島の山の端が赤く染まる雄大な光景を目《ま》の当たりにすれば、譲の心も赤く輝くのだろうが、この朝はその光景がなぜか不安に打ち震えてい

るように見え、すぐに車窓から目を逸《そ》らした。譲は、いつもとは感性の違う自分がいることに気付いた。世間は朝の通勤時間帯に入り、車窓から見える人も車も健全な慌ただしさの中でそれぞれに動いていた。譲はいつもならその様子を共感を持って見守るのだが、この朝は自分でも理解できないほど、その様子に嫌悪感を覚えるのだった。都会の景色から町の景色、そして田舎の風景へと車窓は移っていくが、譲の気分は車酔いした時のように悪化していった。譲はその原因がわかっていた。このバスは競り市場へ向かって走っているからだ。バスは時の中を走っていた。譲は市場到着の予定時間を、車内の時刻表示灯を横目で見ながら、不安な震えの中でカウントしていた。

地湧の生は真っ直ぐに貫《つらぬ》かれている。それを人間社会が寄ってたかって損得尽くめで騒動をしている。この騒動こそ、今、譲がこうして座っていること、また車窓を飛んでいく街並みの景色そのものの正体である。この訳のわからぬ騒動が、この社会を覆い、世界を覆い、仮象情報の大混乱を地球上に繰り広げ、殺し合いまで誘引している。この人間社会の負の連鎖を誰も気付かない振りをしている。

譲は地湧の命を正面から捉え、その命と共鳴し真理を探り生きてきた。そしてその命の不思議さの中に、自らの生きることの意味を問い続けた。

到着時間が迫ってくると、譲は今まで一度も経験したことがないほど自己嫌悪感が増幅し、耐えられないほどの息苦しさと無力感に襲われた。そして苦い胃液が喉元まで込み上げてきた。苦しさに身も心も覆われる中、そのほんのわずかな片隅から自らに訴える声なき声が聞こえた。

〝原点に戻るのだ！　心に思いを留めてはならない。どんな思いであろうと、それに囚われてはならない。今、自分は迷いの渦中にいる。その渦から脱するには、地湧の命、自らの命、そして生きとし生ける物の命の不思議力に思いを馳せ、感謝の念をもって手を合わせることだ。それ以外に脱する道はない。その心を持って地湧に会いに行く時、地湧は喜ぶだろう。苦《にが》み潰した心で地湧に会ったとて、地湧の心に何も届きはしない。まだ遅くはない。早く心を入れ替えろ！〟

声なき声は最後は吠えた。

座席に蹲《うずくま》っていた譲の脳裏に、牛舎で聞いた地蔵様の真言とその場面が蘇ってきた。すると、あの時の生気が譲の頭頂からスーと流入し全身を満たし、足元から流れ出るのを感じた。そして、あっという間に生気溢れる心身が戻ってきたのを感じ、今が見える自分に戻っていると自覚できた。

〝さあ、いよいよ地湧との再会だ。元気でいるだろうか。早く顔が見たい〟

市場へ到着する時間が迫っていた。

バスは七時半頃、中央家畜市場の入り口を通った。市場の敷地内の左奥に平屋《ひらや》数棟が並び、その右端の棟《むね》が十島村専用に充てられている。譲はバスから降りるとすぐ室に入り、常連の使っていない室の隅で、もどかし気《げ》に着替えを済ませ表に出た。地湧の一週間の環境の激変が気掛かりだった。急ぎ足でとしま牛が飼育されている建屋へ向かい、目馴れぬ薄暗い空間へ入っていった。牛の大きさにより区割りしている房を、地湧を捜しながら見つけきれず、最後の房まで来てしまった。十島村の各島から来ている随行者は、牛を引き出す為のロープを鼻輪に取る作業に追われていた。

譲は頭がくらくらした。ひと目でわかるはずの地湧がなぜ見つからないのか、譲は気を取り戻し、立ち止まり深呼吸すると、すぐ気が付いた。地湧は体重が三百キロ前後だから、入り口に近い房に入っているはずだ。譲は入り口に戻り、今度は注意深く捜し、三番目の房の隅でうなだれている地湧を見つけた。地湧は譲が想像していた姿とはあまりにも掛け離れていた。痩せ衰え、肋骨と腰骨が浮き出し、腹は内側に大きく落ち込んでいた。毛並みはぼそぼそで、島を出る時の若武者の姿は、見るも無残な落武者の姿へと変貌していた。

譲はすぐに房の中に入り、

「ジユウ、来たよ」

と声をかけ近づいたが、見向きもせずに逃げた。目付きも変わっていた。背後から声が

かかり、

「その牛にロープを取って入場場所まで牽引《けんいん》して」

とロープを渡された。市場内はもうすでに慌ただしく動いていた。譲は作業に意識を変えて、地湧の鼻輪にロープを取り、外に引き出した。勿論、地湧はいやがりもせず譲の牽引に従った。外で地湧と二人きりになると譲は嬉しくなり、

「ジユウ、お元気にしていたかい？」

と地湧の顔を覗き込んだが、地湧は合点のいかぬ顔をしていた。考えてみればそれも当然である。この一週間、地湧は環境の激変に生を適合させるだけでも精一杯で、感情の発露などは固く封印されていたはずだ。地湧のこの痩せ姿を見れば一目瞭然である。自分を牽引する人間を判別する余裕などあろうはずもない。

入場番号一八四の場所を探しながら混雑する場内をあちこち歩き回り、やっと一八四の場所に辿《たど》り着いた。

十島村の人は係留後、打ち合わせのために集合してくれと言われていたので、譲は指定場所に行った。その日の競り順番用紙が渡され説明を受けた。出場頭数は三百頭余りで、一八四番の出場は午前中後半か午後の初め頃かと思いきや、本日は二百番から三百番の牛がまず出場しますとのこと。譲が役場の職員に一八四番の出場順を聞くと、十島牛では一

番最後で、全体でも今日の最終番号が一九九だから最後から十五番前ですね、午後二時過ぎになるでしょうとのこと。腕時計を見ると八時を回っていたので待ち時間は六時間になる。譲は、待ち時間が長いなぁとは思ったが、その分、地湧と一緒に居られる時間もゆっくり取れるので、それなりに納得した。

落武者になった地湧をまずは磨いてあげようと、金ぐしとブラシとバケツを持って一八四番に戻った。譲が地湧の前に立つと、地湧は不安気に右に左に譲を避ける仕種をした。地湧はまだ譲を認識していなかった。譲は金ぐしとブラシを持って地湧の横に立ち、故意に島でいつもやっていた要領で毛を梳《す》きながら地湧に話しかけた。

「ジユウ、ものすごく汚れちゃったねえ。今から前みたいな美しい若武者にしてあげるからね」

譲は牛糞がこびりついた臀部《でんぶ》をガリガリ掻いていると、地湧は体をくねり譲を嘗《な》めようとした。島で地湧がしていた仕種だった。譲は地湧に向き合い、

「ジユウ、俺のことがやっとわかったみたいだね。一週間でだいぶ窶《やつ》れちゃったね。辛いことがあったんでしょう。可哀想だったね」

地湧の目付きに生気が蘇《よみがえ》るのを譲は見逃さなかった。これで島にいた時の関係に戻れる。譲は金ぐしを握る手に力が入った。実際、地湧の体の汚れはひどいものだった。下痢が長

く続いていたのだろう。下腹部から臀部、後脚から尾の先まで下痢便が層になって付着し乾燥し、金ぐしでは対応できず、バケツに水を汲んできて濡れ雑巾でふやかしながら少しずつ取るしかなかった。地湧は脚を踏ん張り、首を前下方に伸ばし、譲の行為を全身で受け、じっとしていた。地湧の体に気力が戻り、地湧の体を元の若武者に戻そうとする譲の行為が地湧の心にも伝わり、意識がひとつになり主客の溶け入るのを感じた。

譲は楽しかった。このためにここに来たのだと思えた。地湧の体が汚れていればいるほど、やり甲斐があった。譲が手を休めると地湧も体の力を抜いた。

競りはとうに始まっていて、場内にはスピーカーの大音響で競りの実況が流れていた。もし譲がバスの中での分別状態のままに市場に降り立ち、汚れて痩せ細った地湧を目前にし、損得尽《ずく》で行きかう人々と肩ふれ合い、競り実況の大音響の渦中に置かれたら、きっと周囲のすべてに対する嫌悪の極みが爆発し、どうなっていたことか。真理を伴わぬ潔癖さ故の反逆は、取り返しのつかぬ禍根を自他に残してしまう。

なぜ譲は二元性の分別意識に立ち戻ってしまったのか。

地湧を鹿児島へ送り出したあと、譲は旅の道連れとして地湧の存在がいかに大きかったかを知ったのだった。旅の道中そのものだった地湧との日々、地湧の命を無為の作用で成長させた不思議の妙《みょう》と、その妙が培った地湧の妙《たえ》なる目が、いつも譲の命の様《さま》を見据え、一切の欺瞞《ぎまん》を許さずに親と子の命のありようを示してくれた。そして、その時々を織り成す真実の模様を、譲は驚きと不思議さをもって受け入れてきた。地湧の肉体的成長より譲の精神的成長の方が何倍も突出していたことを知った。そして何より地湧の涙が、存在の奥義を開示してくれた。

譲の心の大きな部分を占めていた地湧という存在の喪失で、その後の譲の心に大きな空白が生じていった。その心の空白に流れ込んできたのは、譲自身の心の不徹底さ、欺瞞さに対する自己批判であった。どう言い訳しようとも、実際に地湧を売った代金は譲の懐に入るのである。チエは勿論、地湧からのお金を期待しているし、譲の心の中にチエがいることは否定できなかった。地湧の涙が洗い流してくれたこの問題意識がやはりじわじわと染み出し、いまだ徹底できぬ譲の心の空白に流れ込み、満たしていったのだ。

それは譲の意識下で進んでいた。それが競り当日の朝の車中で、一元性の乖離が感情暴発《ぼうはつ》となって現出したのだ。自分の欺瞞を許せない自分が、反旗を翻《ひるがえ》して自分を攻め滅ぼそうとした。その自滅症状を救ったのも、実に地湧と譲をともに育てた命の本源からの声なき声だった。

譲は地湧の左右に間隔狭く係留されている牛のことも気にならなかった。数えきれないほどバケツの水を汲み直し、地湧の鼻の頭から尻尾《しっぽ》の先まで納得のいくまで手入れをした。お陰で、腹部の陥没を除けば、目の輝きもすっかり元の地湧に戻った。仕種《しぐさ》も島に居た時に戻り、長い舌を出して譲の手でも腕でも胸でも、舌の届く限りを嘗め回した。譲も地湧の角や耳や首筋や鼻面を撫ぜ回した。

地湧の体の大掃除も終わり一段落し、譲は両隣の牛に目をやった。両方とも肥えていて見栄えはするが、目付きが虚《うつ》ろだった。地湧は二頭に挟まれ少々見劣りしたが、目の輝きが違った。譲は勿論、地湧に軍配を上げた。旅する命は痩せ身が似合う。真っ直ぐな寂しい道を歩き続けなければならないのだから……。

二人の博労《ばくろう》が牛の出荷表を手に、左の牛の品定《しなさだ》めを始めた。臀部や肩を押したり摘《つま》んだりして、良い評価をしているようだった。一人が、地湧を飛び越し右の牛を指差し、二人は今度は右の牛の品定めを始めた。二人の目には地湧の姿がまったく映っていないことが滑稽なほどよくわかった。譲は思わずほくそ笑んだ。そしてやっと譲は、今の地湧の姿に合点した。この競り場のどの牛よりも地湧は痩せぎすになっていた。地湧はこの人たちの目に映らないように見事に変身したのだ。博労が去った後、譲は地湧の耳元で、

「ジユウ、こんなにまで痩せた訳が今やっとわかったよ。あんな目付きで、体を嘗め回す

ように見られたくないものね。ジユウはさすがだね」
そう言って地湧の首をごしごし撫ぜた。

なにごとも考え方ひとつで、現実をどのようにでも捉えられるものである。ただ鉄則は、他者を害し自己を利する考え方は絶対にすべきではない。それは他者の命と自分の命に対する冒涜《ぼうとく》である。今の世の中、この冒涜が罷《まか》り通り、勝ち組というレッテルまで貼っている。人間としての尊厳を保持するために、最低限守らねばならぬ『人の道』までも平然と蹂躙《じゅうりん》するこの人間社会の価値観の崩壊、それこそが、この混迷する世界の下手人である。真理から最も縁遠い存在である。

この混迷する世界を終息させるのは実に簡単である。自分を利する考え方を改め、他者と全体のためになる考え方をすればいいのだ。それもこの地球上に生息するすべての命に対しての配慮だ。その考え方を教えるのが真の教育であり、その考え方に立って地球上で生きるのが本来の人類の姿である。宇宙は、地球は、その為にのみ人類に知恵の力を授けたのであり、地球上すべての命はそう望んでいる。

さて、と思ったがやることがなかった。喉の渇きを覚えて、自動販売機でお茶を買い、それを飲む間《あいだ》、競り会場に入ったが、譲には虚ろな光景としか映らず、飲み終わるとすぐ外に出た。この広い市場の空間で、身を置く場所がなかった。ただ一カ所、一八四番の地湧が係留されている鼻先の一平方メートルだけが、譲が居られる場所だとわかった。真っ直ぐにその場所に戻り、係留管越しに、

「ジユウ、戻ったよ」

と言うと、地湧も嬉しそうに身を寄せてきた。譲は、自分が立っているこの小さな空間だけが、安心と拠《よ》り所の詰まった密度の高い場所であると再認した。

人は、自分の居るべき場所に居る時、初めて本来のあるべき命の姿を現出するものだ。譲はこの市場の小さな空間でまさに地湧と対峙して、地湧の命と自分の命が今ここにあるという不思議さの法悦に浸り、ふたたび二つの命が見えない絆で確《しっか》り結ばれ、ひとつの命として脈打ち始めていると強く感じながら、地湧の首筋を何度も撫でた。地湧も長い舌で譲のヤッケの胸元を嘗め続けた。

譲は、ハッと、すっかり忘れていたことを思い出した。島の友人の牛も一頭この競りに出場していて、友人は事情により随行できず、友人の牛の競り価格がわかり次第電話で知らせてくれと頼まれていたのだ。出場表の出番を見ると、まだ後だったが、譲は筆記用具

を持っていないことに気付いた。電光掲示板の体重や価格表示は数秒で消えてしまうので、すぐに記録しておかねばならない。いつもなら手帳とボールペンを持って歩くのだが、今朝ホテルを出る時に筆記用具のことはまったく念頭になかった。譲は、十島村用の控室に行けば、どこかにボールペンか鉛筆が転がっているかも知れないと思い、

「ジユウ、ちょっと控室まで行ってくるからね。すぐに戻るから」

と言って歩き出した。牛の係留建屋の外に出ると、スピーカー音も消え人や車の往来ひとつない静かな広場に、初夏を思わせる新緑の光が満ち溢れ、建屋内とはまったく別なすがすがしい空間が展開していた。譲は思わず両腕を上げ大きく深呼吸してから控室の方へ歩き出した。

数歩進んだ時、一本の鉛筆が譲の目に飛び込んできた。譲は思わず立ち止まり、路上の鉛筆を眩《まぶ》しげに見つめ、それから周囲を、空を、見渡した。抜けるような明るい光の中で、なにか小さな不思議に出会った感じがした。天から〝お使いなさい〟という声が聞こえてきそうだった。譲は足元のただならぬ鉛筆をそっと拾い上げた。素朴な、見たことのない鉛筆だった。木肌にニス仕上げで、ＪＩＳマークとＨＢだけが刻印されている。二、三度削って使った長さで、その削り方と芯の出し方がまさに絶妙で、鉛筆削り器のそれとは大違いで、必要なだけ削り、必要なだけ芯が出ている。その削り方はまさに円空が仏像を刻

んだあの粗《あら》削りの妙《みょう》を窺《うかが》い知れるような見事さだった。

譲は思わずその鉛筆の不思議さと見事さに見惚《みほ》れ、しばしその場に佇《たたず》んだ。そしてこの鉛筆の持ち主に思いを馳せた。きっとさまざまな生きる術《すべ》と技をかいくぐり、それを静かに身に納め、人にはにこやかに接し、額の汗が似合う老人に違いない。何故か譲の理想の老人像が見える思いがした。その人はきっと便利さや見栄・打算などには背を向けて、地道に手間を厭《いと》わず丁寧に生きてきたに違いない。静けさと心の豊かさに包まれて……。

譲はその鉛筆を宝物のようにそっとヤッケの胸ポケットに入れ、チャックを閉め上からまたそっと手を当てた。そして晴々とした気分で一八四番に戻った。

「ジユウ、戻ってきたよ。早かったでしょう。ジユウ、いいものが落ちていたんだ。見せてあげようか」

譲はヤッケのポケットから鉛筆を取り出し、地湧の前に差し出した。地湧は一時《いっとき》凝視し匂いを嗅ぎ〝なんだ〟という顔で鉛筆をベロッと嘗めた。

「ジユウ、この鉛筆にはなぜか不思議が隠されている気がするんだ。筆記具を探そうと思った矢先に目の前に現れたのだから。それにそんじょそこらの鉛筆じゃあない。素朴な無印で、その削り方が絶妙だ。そして何より一瞬で俺の心を摑んでしまったのだから」

譲が全意識を地湧との今に集中しているその意識の間に突然分け入った一本の鉛筆

……、長い舌を盛んに伸ばし、鉛筆を嘗めようとする地湧との中ほどに譲は鉛筆を差し出し、しばしその出処の因縁について思いを巡らせたが、納得する考えは浮かんでこなかった。

午前の商《あきな》いの終盤で島の友人の牛が出場し、譲は電光掲示板に表示された体重と価格をあの鉛筆でメモし、外の騒音の届かない場所まで行って友人に知らせた。

昼食は役場の職員から弁当を貰《もら》い、人集《だか》りから離れたほど良い木陰で、一人ゆっくり食べた。昼食時間は長過ぎるほどあった。時もゆったりと流れていた。譲は木陰を形作っている木の幹に背凭《せもた》れし、地湧と過ごした日々を逆想していた。様々な場面の地湧が、次々と若く幼くなっていった。そして最後の場面が、跡絶《とだ》えゆく親の枕元に蹲《うずくま》る小さな命だった。譲をじっと見つめる生まれ出《い》でし命の眼差し、命の根源の眼差し……、譲は改めてその時の感動に震えた。あの時の地湧の眼差しの意味するものを探し求めることが地湧との旅の始まりであったし、その眼から溢れ出た涙の深い意味こそ、今の譲を産《あら》しめてくれた。

譲は地湧との別れまでの時の刻みを強く意識していた。あと二時間もすれば、地湧を競り会場に引き摺り出さねばならない。このままでいいのか……、お前はそれでいいのか、と譲はこの期《ご》に及んで改めて自責を繰り返した。この煩悶《はんもん》そのものが低次の人間の思惟活動の産物にほかならないことは十分承知していたし、自己矛盾の渦中を取り囲む高い障壁を乗り越える境地に至らねば解決は見えてこないことも十分にわかっていた。

譲は一念を込めて背筋を伸ばし座り直した。心底徹底《しんそこてってい》したい時は、座して無我の状態で待つしかなかった。それは逃げでも攻めでもなく、唯《ただ》、今を、宇宙の最先端の断面を見せるこの一瞬一瞬を、自らのいのちの凝縮により飲み込み溶け入る……この行為以外に道がないことを譲は知っていた。長い旅路のなかで培った知恵であり、自然界からの啓示でもあった。

この啓示との初めての出会いの体験をここで話しておこう。


世界に飛び出し、放浪人になりきって、旅路の原野に捨てるものを捨て去ってきた二十五歳の時だった。譲はヒマラヤ山脈の奥地、エベレストの麓《ふもと》に近いタンボーチェというチベット人の住むラマ教の寺院で瞑想修行をしていた。

当時、多くのヒッピーの先駆者達は、求道者として修行に邁進し、各種のヨーガの実践により究極の境地を目指していた。特にヒンドゥ教の宇宙の根本原理と見なされる大宇宙本体としてのブラフマンと、小宇宙としての人間の内なる本体であるアートマンとの合一が修行のテーマであった。

チベットのラマ教とは教義上の多くの隔たりはあったが、当時の譲にとっては目ざす修行場があったわけではないが、一カ所に閉じ籠り長期間集中して修行ができる場がほしかった。そこで崇高な気に満ちたヒマラヤの奥地に分け入り修行の場を求めた。タンボーチェは、当時は観光客などひとりも近寄れない秘境の地だった。

ラマ寺では、寺の末席でひたすら瞑想に明け暮れしていたが、ある午後、譲は寺を出て近くの小高い丘に登り、入り陽に向かい瞑想していた。背後はまさに千尋《せんじん》の谷で、数百メートル下に谷川が白い糸となって流れていた。譲は、宇宙の根源として表される動的な力としてのオーム音と宇宙の一者たるブラフマンを感得すべく、ひたすら座していた。陽はまだ高かったが、山の端陰が迫っていた。譲は瞑想に没入し、山嶺を吹き抜ける烈風も、深い谷に木霊《こだま》す残響も、眼前からそそり立つ秀峰もすべて消え去り、それまで経験したことがないほど、深い境地に没入していた。オーム音だけが、宇宙の深淵から湧き起こり、音と形は溶け合いまた霧散していた。

なぜか周囲が妙に明るい光に包まれていることに気付き、譲は見回《まわ》した。先ほどまで谷底が見えていたはずの背後の谷から、急激に濃い霧が立ち上り、瞬時にあたりを埋めつくし、まるで雲の中に座している様《さま》であった。入り陽の一条の光に輝らされ、座する譲の影がスーと後部の真白い雲の中に延びるやいなや、その影を中心に幾重にも幾重にも虹の光輪が輪を広げていくのだった。

突然の驚嘆すべき自然界の美の極致への誘《いざな》いに、譲は目を見張り疑った。しかしそれは幻視ではなく現実の光景であった。虹の光輪に包まれた譲は現実を肯定しきれぬまま、しばし法悦の中に座していた。だが、まだ拙《つたな》い自分の修行に対し、これほどの賛美の印《しるし》を現してくれた宇宙の根本原理であるブラフマンの実在を未熟ながらに実感するのだった。また、仏像の背後にある光背とは、この現象の具現なのかとひとり合点した。

山の端に入り陽が陰《かげ》り始めると、光輪は徐々に薄れ消えていった。だが譲の内にはその時ブラフマンが産《う》ぶ声を上げ、自らのアートマンを育てていくきっかけを作ったのだった。譲に神秘体験をもたらせたこの虹の光輪は、後《のち》に調べたところ、ブロッケン現象と呼ばれる気象現象で、ドイツ東部にあるブロッケン山でたまに見られる現象なので、この名が付けられたと知った。

譲は旅路の途上で何度か自然界からの啓発により精神的飛躍を経験した。自然界には何か奥深い達見が隠されていて、遍満するいのち以前の気が、窮地に立たされたいのちに、そっと手を差し伸べる、そんなところがあるように思えてならない。それは決して神や仏の救済といった概念ではない。

競り市場の片隅の木立の下で、譲は座り直し、瞑想に入り、ほどなく無念無想の境で時を刻んでいった。

ふと、頭上の周囲を飛翔するなにやらの気配を感じ、譲は仰ぎ見ると、一翅《わ》の大きな青アゲハがヒラリヒラリと頭上に肩越しに飛翔を繰り返していた。明らかに譲の体のどこかに止まりたい様子だった。譲はスーと左腕を水平に差し伸べると、蝶は肩から手へと二度三度と飛翔を繰り返し、やっと念願の止まる場所にたどり着いたかの様に翅《はね》の動きを小刻みに終息させながら、手のこぶしに、甲の方を向いて軟着陸した。それから六本の細い脚を踏《ふ》ん張り直し、中指のこぶしの背に爪を立て、二度、三度と掛かりを確かめ、しっかりと体を固定させた。蝶の思ったより強い力が譲の手の甲を通じて体へと伝わってきた。

そしてアゲハ蝶はすっかり安心した様子で、閉じていた翅をゆっくりと広げ、ゼンマイ状の口吻《こうふん》をヒュルルと伸ばし、譲の手の甲へと口吻の先を伸ばした。譲は、蝶の行動の先をよく見ると、木洩日《こもれび》に照らされて譲の手に薄らと滲《にじ》み出た汗が、小さな光の粒となってキラキラと光っていた。蝶の口吻はその粒を丹念に追っていた。譲は、その感触をなんと表現すべきか、しばし夢想した。まるで蝶の小さな妖精が手の甲でスキップしているようだった。その上、蝶の翅の美しさは比類なきもので、前翅《まえばね》上部の光り輝く濃紫色から後《うし》ろ翅《ばね》下部のコバルトブルーへの光沢《こうたく》の変調と、その縁取りに鏤《ちりば》められた白黒の文様《もんよう》は、筆舌に尽くし難きものだった。

この思いもよらぬ自然界からの胸襟を開いての誘《いざな》いに、感動の波が沸き上がり、まさに蝶のいのちの証《あかし》がそのまま譲のいのちへと伝わり溶け込んでいくように思われた。その作用が、自然界のエネルギーを誘引・増幅させ、譲の体を満たしていった。その流れは譲の意識を超えて自然界に拡散・融合していくように思われた。譲は、深い透明な世界に吸い込まれるように身も心も溶けていった。

ハッ、と気が付くと、自分のまわりのすべてのものが、大自然の大きなひとつの汎我に包まれ、その個々の存在・命は何ひとつ欠けることなく円満具足し、自らの尊厳を秘め、輝いていた。〝外なる不思議力と内なる不思議力〟という二者も消え去り、譲の個我は遍界の大我そのものに拡大していることに気付いた。

そして今、真理の真っ只中に座する自分を自覚できた。数分前まで譲が引き摺っていたすべての因縁は立ち切られていた。勿論、地湧に対する自責の念は真理の下《もと》では却下されるべきことだった。真理とは、この宇宙空間で只今展開されている事象、その当体、なのである。過去のこと、未来のこと、それら人間の思惟の範疇にあることは、真理とは縁もゆかりもないのだ。

さらに譲は、この上なく嬉しいことに気がついた。自分のいのちはそのまま蝶のいのち、地湧のいのちそのものだ、という確信だった。地湧は、生まれてからこの方、真理の世界の住人であったのだ。やっと辿《たど》り着いた境地に、ほっと胸を撫で下ろしながら、譲は自然界に遍満するいのちの声なき声を聞いた。

〝自然界の森羅万象は、このいのちの海の具象であり、いかなる姿もその理法にかなって変化しつつ具現する。その理法こそが不思議力なのだ。この不思議力は常に宇宙に遍満し、自然界に作用し続けている。生きとし生けるすべてのいのちは、このいのちの海に包まれて、不思議力の発露によりそれぞれの姿で生まれ成長し、いのちの営みを展開させる。不思議力が、そのいのちの中で静かにその働きを止めるとき、いのちの現れはまたいのちの海へと戻っていく。自然界においては、死はないのだ。巡り巡るいのちの流転が永遠に続くのだ。譲のいのちも地湧のいのちも、蝶のいのちも、木陰をつくるこの木立のいのちも、皆いのちの海に包まれた不思議力の発露の姿なのだ。

人間を除くすべての生類は、この理《ことわり》を自《みずか》らのいのちの中で自《おの》ずと知っている。それ故この理を決して疑わず、すべてを受け入れる。それ故、死に対しての恐れはない。だが人間だけがこの理を理解しない。人間は万物の霊長との矜持《きょうじ》を持つが、大きな誤謬《ごびゅう》のなかにある。勿論すべての人間は、いのちの海に浸《ひた》り、その理法のもとで生かされているのだが、人間の思考から生まれた概念には主体と客体が生じ、主客のない、いのちの海とその理法は、人間には理解しがたく、見えないものとなってしまう。人間が思考を止め、ことばを捨て、いかなる価値観からも解放され、主客の世界から脱する時、眼前に宇宙大で理法は現出する。だからこそ、この期《ご》に及んで譲の前に真理が開示されたのだ。しかし、これは誰の力によるものでもない。譲の内なる強い不思議力の発動が、自ずと《おの》導いた結論なのだ。この境地からの後戻りは許されないことであり、覚悟である……〟

譲は、自分の身包《みぐる》みすべてを脱ぎ捨て、いのちひとつで大自然のいのちの海に飛び込んだ思いだった。

譲の手の甲には、美しい蝶のいのちの営みが続けられていた。譲の心の中に圧倒的な感動の波が沸き上がった。

〝またしても地蔵様は蝶に姿を変えて私を導いて下さった。そして真理の実相を開示してくれた……〟

譲がそう思った瞬間、蝶の黒い眼が動いた気がした。間《かん》を入れず、蝶はヒラリと飛び去った。

蝶のいない手の甲を凝視しながら、譲は改めて人間の思考が自然界には受け入れられないことを痛感した。しかしここに至って、不思議力に外も内もなくなり、すべてのいのちに流れるこの不思議力の様《さま》が、手に取るようにわかるのだった。実に一挙一動違《たが》うところなしの世界が展開しているのだ。そして自分と地湧も含め、すべての生きとし生けるものは、宇宙大のひとつの大きないのちから派生し、お互いにいのちの緒《お》で結ばれ、それぞれの理法に法《のっと》って千姿万態に作用しているのだと心底納得したのだった。

譲は、ハッと鉛筆を拾ったことを思い出した。そして胸のポケットから鉛筆を取り出し凝視した。譲の心の中で鉛筆の囁《ささや》きが聞こえた。

〝地湧との命の旅路の証《あかし》を記しておかねばならない。意味なく譲の前に地湧の命を差し出したわけでもなく、鉛筆を転がしたわけでもないのだ。不可思議の奥にある意味を解き明かすこと、それが人間という命の果たすべき役目であり、真理の実相に迫る営みなのだ。そしてそれを書き終えるまでが地湧との旅なのだ。この旅路の証は残さねばならない。譲のためでも地湧のためでもない。この鉛筆でその旅路の物語を書くのだ〟

譲はやっと鉛筆の出現に合点した。そうか、地湧の命と共にこれからも旅を続けて行く為にも、何とか書いてみよう。この鉛筆が力を貸してくれるに違いない。譲は鉛筆を丁寧に胸ポケットに入れ、力強く立ち上がり一八四番の空間へ戻って行った。人々の動く姿が見え、その一人ひとりのなかにいのちの営みがはっきりと見えるのだった。

午後の競りの実況がスピーカーから流れ始めた。地湧に何と声を掛けようかと思案しつつ係留建屋に入り、一八四番あたりを遠望すると、地湧の姿がない。胸騒ぎを覚え急ぎ足で近づくと、なんと係留管に鼻面を宙吊りにした姿勢で、へたり込んでいた。こういう姿はこの建屋でよく見かけたので、別に驚きはしなかった。

「ジユウ、立ち上がりなさい！」

譲は地湧の尻を平手で強く打ったが、地湧は動こうとしない。もう一度打ったがやはり動かない。それにしても困ったものだと思案に暮れていると、左に係留している牛の持ち主が見かねて、地湧の腰骨あたりを足で力を込めてグィと蹴り押すと、地湧は慌てて立ち上がった。見ると尻から後脚、尻尾まで下痢便でベタベタに汚れていた。譲はアラアラと言いながら隣人にお礼の会釈をしたが、彼は素知らぬ素振りで自分の牛を磨いていた。きっと我々の小さな惨《みじ》め事には言葉がなかったのだろう。隣人のこの態度が譲には嬉しかった。事情を全部知りながら、見ざる・聞かざる・言わざるを徹してくれた心遣《こころづか》いに感謝した。

そして隣人にも聞こえる声で、

「ジユウ、出番も迫っているから急いできれいにするからな」

そう言ってバケツを持って水道に走った。生便なので、バケツ三杯ほどの水できれいになった。地湧も朝から立ったままなので疲れてきたのだろう。午前中より覇気がなく目も空《うつ》ろになっていた。しかし譲の眼《まなこ》には、いのちの海から刻一刻と流れ込む地湧のいのちが、へたる地湧の体をそのままに、生き生きと流れているのがよくわかった。

午後からの競りも進み、前のグループの中ほどまで済んでいた。地湧との残り時間も三十分ほどになっていた。譲は地湧の顔から首筋を両手で撫でながら、地湧に今知らせようと決断した。譲は地湧の頬を両手でしっかり支え、正視して地湧の瞳の奥に向かって、

「ジユウ、俺はやっとジユウと同じ自然界の命になったぞ」

と眼力と語気を強めて告げた。譲は、地湧の瞳の奥でなにかがチカッと反応した様に感じられ、地湧はうなずき笑った様にも思えた。それから地湧は譲のヤッケの胸元をベロベロに嘗め始めた。譲は地湧に言った。

「ジユウ、俺が島に帰ったら、ジユウと生きた九カ月間の旅物語を書こうと思っているんだ。ジユウはある意味、俺の導師《グル》だった。天が与えてくれた無為の旅の道連れだった。俺に見せてくれたジユウの命の輝きと、俺がいのちの本然に辿り着くまでの旅路を書き残すことで、これから地湧を思い続ける縁《よすが》になると思う。ジユウにとっては慰めにもならないだろうけど、今の俺の心を伝えておくよ」

そして譲は地湧の首筋を撫で続けた。

ガラガラガラと、牛を誘引する頭上のレールのローラー音で譲は我に返ると、いよいよ最後のグループの列が動き出した。譲は急いで牽引ロープを解《ほど》き列に続いた。地湧は久々の歩行なので、パカラ気味で譲に従い、競り会場入場口手前の体重測定場まで来た。測定の順番を待つ間、隣人が初めて話しかけてきた。

「どちらから来たのですか？」

「十島村の諏訪之瀬島という所からです」

と答えると、隣人は、

「離島からですか、それは大変でしたね」

と改めて譲と地湧を見やった。譲は隣人が気安く声を掛けてこない理由がうすうすわかっていた。譲と地湧の常々ではない人と牛の関係を隣で見ていて、理解に苦しんでのことだったろう。譲は隣人に、

「この牛は双子で生まれたのですが、親と片方の仔は難産で死んでしまいましてね。私が親代わりで育てたもので情がすっかり移り、競りに出すのが辛くなりましてね」

「ああ、そうだったのですか。それはそれは……隣で見てましたが、何か事情があるように見えたので……、それはまた大変でしたね」

隣人は同情の表情で譲と地湧をもう一度見やった。

隣人の牛が体重計を通過し、いよいよ地湧が体重計に乗った。二百九十三キロ、測定値が読み上げられ、数値の書かれたレシートを渡され出場口に並んだ。いのちに体重があるのだろうか、そんな疑問が譲の脳裏を過《よぎ》った。順番が迫り、いよいよ出場する時がやってきた。

譲の脳裏は、昼下がりの木立ちの下で授かった英知に満ち溢れていた。地湧のいのちも譲のいのちも自然界の大きないのちの現れであり、いのちの緒《お》で結ばれ誰であろうとそれを分かつことはできない。未来永劫に……。譲の見地は、牛と人間という類分別を超越し緒で結ばれたふたつのいのちという立場にあった。

ふたつのいのちは、競り会場に立った。競り進行者のアナウンスが響いた。

「入場番号一八四番、体重二百九十三キロ、去勢、獣医の検査書によりますと、前脚虚弱となっていますので、オモテのフックを外して場内を歩いて回って下さい」

譲は場内をクルッと回りながら、

〝どうぞ皆さん、ふたつのいのちの一挙一動違《たが》うことなしを篤《とく》と御覧下さいよ〟

と呟いた。

「ハイ、それでは三十五万円からいきます。どうぞ……」

午前中に比べ、購買者の数は半減していた。譲は何の期待もなしに、どちらかといえば一時も早くこの場から逃げ出したい気持ちで、上目使いに正面の電光掲示板の数字の上がっていくのを見ていた。

「ハイ、五十五万七千円、決定」

緒で結ばれたふたつのいのちの値段なのか、それともいのちを被った殻の値段なのか、とにかく早く逃げ出したかった。譲は会場に一礼して地湧を引き外へ出た。外で地湧は注射を一本打たれ、体に二十六とスプレーされた。係員が譲に、一番奥の集荷場まで連れて行って下さい、と言った。その集荷場までは、五十メートルほどの距離だった。

人間社会の喧噪と絡《から》み合った箍《しがらみ》の館《やかた》から、ふたつのいのちはやっと抜け出ることができた。外の自然界は、初夏の光と温《ぬく》もりを一杯に吸い込んではいたが、大気は張り詰めていた。譲と地湧は、やっと今そのものになり切ることができた。自然界のいのちと融合し、ふたつのいのちはもはや何物でもなかった。永遠のいのちが巡るこの自然界では、どんな殻も不要であり、いのちの海で生き、生かされる、そのことを認知するだけでよかった。

地湧はいのち本来の闊達《かったつ》さに立ち戻り、鼻息を荒げて大きくパカラをした。譲も嬉しかった。まずは、宇宙がその始源から本願をもって創造したこのいのちの海で、地湧のいのちと譲のいのちがその始源と直結する今という断面に立っていること、そして地湧の前で、〝自然界のいのちの海でいつでもどこでも一緒にいれるぞ！〟と断言できることだった。

しかし譲の心の奥底にやはり疼《うず》く痼《しこり》があった。この世に生まれ出《いで》た幼仔《おさなご》のあの幼気《いたいけ》な眼差しと、与えられてしまったいのちの苛酷さと、そして地湧の流した涙の深い意味がいまだ説き明かされていなかった。

ふたつのいのちは、生きることに耐えながら、命の源《みなもと》である宇宙の根源に向かって、永遠の今を足どり重く、とぼとぼと歩き始めた。

譲の脳裏に島の牧場《まきば》の朝の情景が浮かんだ。野辺の朝露が、陽光を浴びてキラキラと光っていた。その露は、自然界が生んだひとつひとつの生きとし生ける命への、いつくしみと少しの励ましと、そして祈りを込めた宇宙が流した涙なのではないか、譲にはそう思えた。

そして今、いのちを与えられ、そのさだめを負い生きねばならぬ深い思いが、宇宙のころの琴線に触れ、震える琴の音のひとしずくが珠となりはらりと落ち流れた……。

譲の頬に涙が流れていた。譲はハッと気がついた。自分の頬を流れる涙は、そのまま朝露の涙であり、地湧が流した涙なのだと……。大宇宙のこころから流れ出たひとしずくなのだと……。

譲は振り返り地湧を見つめた。地湧も立ち止まり譲を見つめた。地湧の眼からも涙があふれていた。譲は地湧の首を抱き、顔をすり寄せた。ことばは消えていた。

この宇宙に展開する今の意味がわかる時、ヒトは宇宙の当体となり真実のいのちを生きることができるだろう。これこそが宇宙開闢《かいびゃく》以来の本願ではないだろうか。そしてこの青い命の星に住む一人でも多くのヒトに、この涙の意味を知ってほしいと、ふたつのいのちは祈るのだった。

わかれ道はそこまで迫っていた。集荷場の登り口手前に大きく枝を広げた広葉樹が涼しげな木陰をつくっていた。一陣の風がよぎり、枝々の木の葉がそれぞれに舞い、今そのものを現出していた。

〝この木陰でひと休みして、最後のお別れをしていきなさい〟

とふたつのいのちに告げているようだった。ふたつのいのちは歩を止めた。いよいよ別れの時が来てしまった。

譲は両手で地湧の頬を包み、地湧の瞳を見つめた。地湧の瞳の奥に、初めて会った時のあの無垢で幼気《いたいけ》な瞳が光っていた。譲の目から大粒の涙が溢れた。譲の頬を流れる涙を、地湧はベロッと嘗めた。

集荷場から降りてきた男が、譲の手からロープを取った。

完

あとがき

〝人生とは何か〟を問い続けた人なら誰しも、その行く手に立ちはだかる悟りの楼閣の堅く閉ざされた御門にぶち当たるでしょう。難攻不落のこの御門を開けるのは実に人生の一大事でありますが、自分を消し去り風になりスーと通過してしまえば、楼閣も自《おの》ずとその姿は消え去ります。

その先にどんな景色が広がっているのか、どんな旅路が待っているのか……。言語を超えた世界を何とか表現したい。せめてひとり娘のアユチにこの道程を物語の形で語ってみたい。また混迷し出口の見えないこの人間社会に、宇宙から大自然から一条の光を差し伸べたい。そしてそれが私の旅路の一里塚になるのだったら……、そんな思いがこの「地湧の涙」を書く動機でした。

私はいままで長文など書いたこともなく、またその素養もないので、まったくの素人の作品でした。実姉夫婦になら恥も外聞もなく読んでもらえると思い送ったところ、手作りで装本してくれて、友人達によんでもらう機会を作ってくれました。義兄の友人で大学の哲学の教授をされている飯岡秀夫さんからお便りがあり、ひじょうに良い内容なので、加筆して完成度を上げて世に問うてみなさい、と励ましの言葉をいただき、その気になりました。

でもその後、私の母の死、私の入院、妻チエコの腸閉塞の入院、手術。その後のパーキンソン病の発症と介護の日々……と私の人生の最難関の時期が続き「地湧の涙」も忘れ去られました。そして昨年（二〇一八年）八月十日未明、チエコは静かにこの世を去って行きました。

私が立ち上がり歩き始めたのが今年（二〇一九年）一月、チエコの五カ月忌の命日でした。チエコと一緒にこれから歩んで行く旅路がはっきり見え、チエコに「この旅路を早く歩き始めようよ」と催促され手を引かれる思いで立ち上がりました。

その旅路とは、宇宙が宿すいのちの大海をチエコと手を携えて、その宿主たる宇宙の根源に向けて歩を進め、あるものを届けるというものです。その第一歩として、宇宙が宿すいのちの大海を開示する為に「地湧の涙」を完結させる必要がありました。それから三カ月間、「地湧の涙」を補足、手直しをしてやっと三月の末に完結しました。

南方新社の向原さんに原稿を持参し出版を依頼したところ、快く引き受けて下さいました。

この物語の着目点は、宇宙に宿るいのちの大海は今そのもののなかで遍在し此岸《しがん》と彼岸の境界は消え、生者と死者が常にひとつの世界を共有し永遠のいのちとなって生き続けている……そこにたどり着くまでの道程を地湧の背に乗せて語ったものです。

人類がいかに文明を推し進めようと、決してたどり着けない場所、それが今この地球上のどこにでもあるこの自然界なのです。そしてあなた自身がその場所なのです。

自然の理《ことわり》の中で生きてゆくこと、それこそが人間が生きてゆく唯一の正道であると確信します。

表紙の絵は、永遠の命と宇宙の涙に包まれた地湧をイメージして描いてみました。

二〇一九（令和元）年七月十七日

加藤賢秀

巻末エッセイ

小説『地湧の涙』の誕生

飯岡秀夫（高崎経済大学名誉教授）

1．「地湧」という名の由来

『地湧の涙』という小説は二つの生命の、交流の物語である。その生命の一つは、「始源に直結する今という断面」を自然のままに生きている「地湧」と名付けられた牡牛のもの。もう一つは、天地宇宙の真理・実相を求めて反文明を生きる、「譲」という名のスピリチュアルな男の生命である。

早朝、男が出会ったのは、「黒いかたまり」――大地から湧きだしてきた不可思議としか言いようのない存在――であった。「黒いかたまり」と男との、この二つの生命の出会いの場面は実に劇的かつ感動的に描かれており、これから展開される『地湧の涙』という小説の誕生の意味を暗示している。

男は大地に蹲《うずくま》っている「黒いかたまり（生まれたての仔牛）」に語りかける。「ちびちゃん」は何処から来たの？　何故ここにいるの？

仔牛へのこの問いかけは、天地宇宙・森羅万象・生きとし生けるものの根源とその存在理由を生涯かけて問い続けてきた、この男の究極の問題意識からの発言であると読み取れる。

我々は一体何処から来たのか？

我々の科学的知見は、二つの生命の由来については、次のように教えている。百三十五億から百三十八億年前にビッグバンがあり、四十五億年前に地球が、次いで、三十八億年前に生命が誕生し、以後、ドーキンスの「利己的遺伝子論」――自然選択の論理――に従って生命は進化し、その生物進化の過程で、六百万年前にヒトとチンパンジーとが分かれ、二十万年前にホモ・サピエンスが登場し、七万年前に「認知革命」が起きて人類は文明を築き始め……今日に至っている、と。

しかし、ここでのこの男の「ちびちゃん」への問いかけは、このような科学的知見とは質を異にする、それを超えた――むしろそれを拒否し嘲笑う――スピリチュアルなものであることが、文面全体から、伝わってくる。

「黒いかたまり」は大地――天地宇宙・大本の生命――の根源から湧き出してきたかのよ

うに、不可思議にも、そこに蹲ってそこに存在している。その男にとっては大地の根源から湧き出して今そこに在る「黒いかたまり」との出会いの今こそが全てであったのだ。その出会いの感動から男はその「黒いかたまり」に「地湧」の名を与えたのである。

2.「譲」という名の求道の旅人

『地湧の涙』という小説は、また、「譲」という名前をもつスピリチュアルな求道の旅人が、長い旅路の果てに、悟りをひらき、さらに、悟りを生きるに至るまでの物語でもある。その詳しい内容とその語り口はこの小説の本文で味わってもらうより他にない。ただ、ここでは、『地湧の涙』という小説誕生の要をなす、次の二点についてだけは、言及しておかなければならない。

その第一。宇宙の万物はその始源から、いやもっとその以前から、真理に法って生生流転して生成している。その真理（法）こそが宇宙を貫く唯一の理なのだ……。かつてヒッピーの聖地とされた諏訪之瀬島という文明果てる地で、「譲」と「地湧」とが劇的に出会う以前に「譲」は既に、ヒマラヤ山脈の奥地での瞑想による修行で、天地宇宙を貫く真理——「ブラフマン」と「アートマン」との関係——について、上記のような大悟を得ていたのである。本文は続いて物語っている。「真理に至ったものの、いかにして刻一刻の今を真理に法って生きていくか、譲の〝悟り〟以後の課題と模索の旅がそれから始まった」、と。悟りを得て以後の「譲」のその課題――「刻一刻の今を真理に法って生きる」という課題――は諏訪之瀬島での「地湧」との出会いと生命の交流のなかで果たされることになる。それは如何にして果たされたのか？　それこそが『地湧の涙』という小説のメインテーマをなしているのである。

その第二。「譲」というスピリチュアルな男はその旅路での様々な出会いに啓示を受けて思想的成長をとげている。センダンの若木の葉の揺れに啓示を受け、アラと呼ぶカラスの鳴き声に啓示を受け、「地湧」の流す「涙」に啓示を受け、そして、「地湧」との生命の交流のなかで「地湧」と同じ刻一刻の今――「始源に直結する今という断面」――を真理に法って生き始めた時、一本の鉛筆に出会い、啓示を受ける。「譲」にはその鉛筆が次のことを命じているかに思えたのである。

この鉛筆であなたの体験――悟りを生きるに至った「地湧」との生命の交流の体験――を書き留めておきなさい。そうすることによって「知恵の力」を授かった人類の天地宇宙での務めを果たしなさい、と。

『地湧の涙』という小説はかくして誕生したのである。

しかし、『地湧の涙』という小説の誕生にはそれとは別の力もまた働いたのではないか。我々の科学的知見はそう教える。

3．近代文明の危機

一九六〇年代後半の「世界同時革命」――フランスの五月革命、アメリカのベトナム反戦運動、中国の文化大革命、日本の全共闘運動等に代表される――を担った人々には、経済・国家体制を超えて、共通の問題意識が共有されていた。「近代文明への反逆」！　彼らは西欧に起源をもつ近代科学文明に対しカウンターパンチを繰り出したのである。「譲」がヒマラヤの奥地で背筋を伸ばして瞑想に入ったのも、また、その後、諏訪之瀬島という文明果てる地に住み着いたのも、「世界同時革命」を担った人々と同じ問題意識を共有していたからだと考えられる。

あれから五十年。「世界同時革命」を担った人々のカウンターパンチにもかかわらず、一方では、効用・利潤・ＧＤＰの極大化を目指す経済成長至上主義の下で、人間と自然の汚染・破壊が進行し、他方では、軍事・産業・科学複合体の主導の下で、科学技術の暴走がますます激しくなっている。今や、近代文明の危機はますます深刻になっているのだ。

そうした時代的変動のなかで、「譲」は初心を貫いて、彼の時代と格闘しつつ、かの鉛筆を握りしめて、『地湧の涙』という小説を書き上げた。
我々は『地湧の涙』という小説を誕生せしめた、そうした時代的背景を見落としてはならない。近代文明の危機が『地湧の涙』という小説を誕生せしめた。科学的知見はそう教えるのだ。

4.「地湧」が流す「涙」の意味

文明果てるところとはいえ、当然、近代文明の悲劇は、原初的形態ではあるが、諏訪之瀬島にも及んでいる。生き物(「地湧」)を商品として育て、貨幣の一定量で売らねばならないという牧畜業者の悲劇、文明論的に言えば、かけがえのない生命をコンピューターで計算できる量的なものにしてしまうという悲劇である。

「地湧」の出荷の日が近づく。自らの裏切り行為——生命と生命の繋がりのあるものを商品として出荷するという裏切り——に対する罪悪感が「譲」にはますます募っていく。別れの日の前日、「譲」が牛舎を訪れると「地湧は泣いていた。涙で瞳は光り、下瞼は涙の滴で大きく濡れていた。地湧には明日の別れがわかっていたのだ。譲は地湧の顔を手で抱いて、頬にまで流れる涙を親指でやさしく拭った。地湧の命からほとばしる無念の滴だった」。

そして珠玉の言葉が続くのである。

「譲は改めて地湧の涙あふれる瞳を見つめた。地湧も譲をじっと見つめた。なんと地湧の瞳は愁いではなく明るく慈愛の光に満ちていた。（中略）譲は咄嗟にはっとして背筋が伸びた。地湧の涙は惜別や悲哀の情ではなく、譲の心情を斟酌し、譲のすべてを許し、すべてあるがままを受け入れる真理から滲み出た慈悲の涙なのだと直覚した」。

この「地湧」が流す「涙」の啓示によって「譲」の前には「刻一刻の今を真理に法って生きる」道が開ける。「譲」は「真理に直結する今という断面」を「地湧」と共に歩き始めたのである。そのことを本文は次のようにいう。「譲が悟りの後、どうしても越えられなかった一線は消え去った」、と。

どうしても越えられなかった一線を越えることを可能にした「地湧」が流す「涙」は何を意味しているのか。そして、「刻一刻の今を真理に法って生きる」とはどのような生き方なのか。

『地湧の涙』という小説の核になるテーマだ。しかし、私にはそれを解説する力がないことをわきまえている。それをすればその解説は「似て非なるもの」になること必定であると知るからだ。

そのテーマについては、本文で、珠玉の言葉をもって十全に語られている。読者には、直接本文を読むことによって、小説を読む醍醐味を味わいつつ、その意味を読み解き、我が物にしてもらいたい。

5．『地湧の涙』という小説の誕生の意味

近代文明の危機克服の拠点と方向を英知に支えられた科学的知見をもって論じている二冊の著書がある。柄谷行人『世界史の構造』とE・Fシューマッハ『スモール・イズ・ビューティフル』。共に、近代文明の危機が誕生せしめた名著である。森羅万象のエコ・システムを破壊する人間中心主義の否定、かけがえのない生命を量化する経済社会システムの拒否、無償の愛——自由の相互性・互酬性——で結ばれた「目的の国」・アソシエーションの実現、人間の小ささに応じた共同体での節度ある簡潔な生活……。こうした二著書に踊るキーワードを羅列しただけで、科学的知見が示す、近代文明の危機克服の拠点と方向を窺い知ることができるであろう。

そのような科学的知見と『地湧の涙』という小説は相互に呼応しあっていると私には思える。

近代文明の危機から誕生したそのような科学的知見に対し、同じく、近代文明の危機から誕生した『地湧の涙』という小説は、近代文明の危機克服の方向は「刻一刻の今を真理に法って生きる」ことにあると語りかけているかに見えるのだ。そして、各人が背筋を伸

ばしてどっしりと大地に座り「瞑想する」なかで各人が自分なりにその生き方を体得することを勧めているかに見えるのだ。

私には、『地湧の涙』という小説の誕生の意味——存在理由——はそこにあるように思えるのである。

科学的知見とスピリチュアル直覚とは相互に他を必要不可欠なものとしているからである。

■著者略歴

加藤賢秀（かとう・よしひで）

1945（昭和20）年　両親の疎開先山形市で出生。東京育ち。

1963（昭和38）年　都立小山台高校卒業。

1968（昭和43）年　横浜市立大学卒業後すぐにシベリア鉄道起点で、世界放浪に旅立つ。

1971（昭和46）年　諏訪之瀬島バンヤン・アシュラムに1年間滞在。

1975（昭和50）年　世界54カ国を巡ったのち、鹿児島県トカラ列島の諏訪之瀬島に定住。現在に至る。

ニックネーム　Joe（ジョー）

地湧の涙

二〇一九年十月二十日　第一刷発行

著　者　加藤賢秀
発行者　向原祥隆
発行所　株式会社 南方新社
〒八九二―〇八七三
鹿児島市下田町二九二―一
電話 〇九九―二四八―五四五五
振替口座 〇二〇七〇―三―二七九二九
URL http://www.nanpou.com/
e-mail info@nanpou.com

印刷・製本　株式会社イースト朝日
定価はカバーに表示しています
乱丁・落丁はお取り替えします
ISBN978-4-86124-412-4 C0093